幼なじみが絶対に負けないラブコメ

〔著〕二丸修一

〔絵〕しぐれうい

CONTENTS

「え――、今回考えてきた入部条件は、
『一緒に活動をしたいと
思えるかどうか』です！」

「クロ姉、ストーップ！」
NAME【しだ・みどり】
志田碧

NAME〔かち・しろくさ〕
可知白草
NAME〔しだ・くろは〕
志田黒羽

NAME［ももさか・まりあ］
桃坂真理愛
OSANANAJIMI GA ZETTAI NI
MAKENAI
LOVE COMEDY

「志田さんはこれ以上、
鍋に近づいてはダメよ！」

幼なじみが絶対に負けないラブコメ

OSANANAJIMI GA ZETTAI NI

MAKENAI

LOVE COMEDY

〔著〕

二丸修一

SHUICHI NIMARU

〔絵〕

しぐれうい

プロローグ

＊

三月十四日。ホワイトデー。
俺は初恋の人である白草(しろくさ)に告白された。

——※ネタバレ
この小説は、私がスーちゃんに恋する気持ちを書いた物語です。
小説最後のページのさらに次の空白ページ、そこにある書き込み——『記念にサインを書きました。ネタバレもあるので、読み終えた後に確認してください。』に促されて矢印を追っていき、カバーをめくり、そこにようやくあった文字。

——嬉(うれ)しかった。

当然だ。好きな子からの告白なのだから。

でも喜びよりも前に、俺は心の中でつい笑ってしまっていた。あまりにも遠回しな仕掛けに、昔のことを思い出したからだった。

俺がまだ白草(しろくさ)をシローと呼んでいたころ、不登校で自信を無くしていたせいか、彼女は俺に声をかけることをよくためらった。

『どうしたんだ？』

離れたところでもじもじしているから聞いてみても、何でもないと言って隠れたりする。

そんな白草(しろくさ)は、話しかけたいことがあるとき、ちょっとした仕掛けをすることが多かった。

バタンッ、と音がして振り向くと、白草(しろくさ)が本を落としている。おいおいと言いながら近づいて拾うのを手伝ってやると、

『この本、面白いからおススメ』

みたいな感じで注意を引き、本命のことを言いだすのだ。

あれから六年――

容姿も、立場も、あらゆるものが変わったのに、根っこは変わっていない。

そんなことを考えていたせいで、俺は喜びを表現する前にクスリと笑ってしまった。

「あっ、スーちゃん、笑った⁉」

思い詰めた表情で俺を見つめていた白草(しろくさ)は、俺の僅かな反応を見逃さなかった。

「ひどい！　私、本当に緊張して……今だって手が震えてるのに……」

「いや、ごめん！　バカにするとかは全然なくって！　むしろ逆で！　何だか懐かしくなっちゃって！」

「懐かしく？」

「シロをシローと呼んでたときも、シロはよく遠回りなことをしてたな、って」

「………」

白草はうつむき、押し黙った。

「あ、これも悪いと思って言ってるわけじゃないんだ。ただ……うん、何だか懐かしくなっちゃって、思わず」

「性根って、努力してもなかなか変えられないのよね」

しみじみと白草はつぶやき、風でなびく艶やかな黒髪を手で押さえた。

春が近づいてきたといえど、まだまだ冷たい風は、遮蔽物のほとんどない堤防に容赦なく吹き付けている。

「小説に書いた通り、私の根っこは『臆病』なの。どれだけ勇気を振り絞ろうと思っても、志田さんみたいな大胆な行動は取れないの。……悔しいけれど」

「それって悪いことじゃないだろ？」

やはり白草は、表面上はともかく、自信がなく卑下しがちだ。

「誰だって得意不得意はあるし。俺の周りでシロほど文章が書けるやつなんていないぞ？」

「……そうね。ありがと、スーちゃん」

白草が微笑みを見せる。

それだけで俺は鼓動が高鳴るのを感じていた。


――この子に今、俺は告白されたのだ。


そう考えると、堤防を叫びながら走り出したい気持ちに駆られた。

「私はなんだかんだ言って結局まっすぐにやっちゃう性格だから、まずはスーちゃんに自分のことを知って欲しかったの。だから自分の弱さも葛藤も小説にして書いた」

そこまで言って、白草はチラッと俺の様子をうかがうように見上げた。

「…………こんなの、重いわよね？」

「全然！」

俺は即座に否定した。

「シロのことがより知れて、俺は嬉しかったよ！」

「……ホント？」

「それに、そんなに臆病な部分を持ってるのに、一生懸命俺に気持ちを伝えようとしてくれて……あの……凄く、嬉しかった……」

段々と状況が整理されるにつれて恥ずかしさがこみあげてきた。だから白草の顔を見ることができず、つい目を逸らしてたどたどしい言葉となってしまった。

「そ、そう？　ならよかったわ……。シオンに散々けなされたから、一度は破棄した案だったのよ」

「ああ、紫苑ちゃんなら言いかねないよな……」

「でも、何度もスーちゃんへの告白に失敗するうちに、やっぱり最初に考えた、小説を使った告白をするしかないって思って……だから……」

俺たちは話を進めながらも、互いに目を合わせられなかった。

言わなくても、空気で気持ちが伝わり始めている。

ダメだ、顔が熱い。強風が頭を冷やしても、すぐにほてってってしまう。

「シロの持ってる本ってさ、もしかして、俺が今日、本を持ってこなかったときのための予備……？」

「ええ、スーちゃんの持ってる本と同じことが書いてあるわ。……でも手元にあるのは完全に黒歴史で恥ずかしすぎるから帰ったら燃やすわ」

「大事な見本誌燃やさないで！」

俺は懇願した。

だって、貴重な見本誌で、俺への告白まで書いてある。白草としては恥ずかしすぎるかもしれないが、俺としては宝箱に保管しておきたいほどの代物だ。

「でも、渡すはずのラブレターが手元にあるみたいで……」

ふと俺は案が浮かび、手を前に出した。

「……その見本誌、ちょっと貸してくれないか？」

「え？　ええ、いいけれど」

白草から本を受け取ると、俺は学校のカバンを開け、筆箱から黒ペンを取り出した。

そして見本誌の表紙を取って、白草のサインと告白が書かれている部分を出すと、そこに俺はサラサラとペンを走らせた。

「……シロ、これ」

「スーちゃん……」

返還された本を見て、白草の目が潤む。

俺は白草のサインの横に、かつて子役時代に使っていた自分のサインを書き、こう加えた。

――ありがとう！　とても嬉しいよ！

この偽らざる気持ちを伝えるのに、こうするのが一番だと思った。

「ふふっ……」

白草は目に溜まった涙をそっと人差し指ですくった。

「また一つ、夢が叶っちゃった。スーちゃんと並び立ちたい……このサインで、それができちゃった」

白草のいじらしさに、胸が締め付けられる。

この美しく、愛おしい少女を抱きしめることができたら、どれほど幸せだろうか——

でも。

——ハルのこと、スキィイイイイイイ！

少なくとも今の俺には、それを行う資格はないのだ。

「シロ」

短く名を呼んだだけ。しかし俺の覚悟を敏感に感じ取ったのだろう。

白草は表情を硬くし、俺を見上げた。

「シロからの告白、凄く嬉しい。前、文化祭の舞台で言ったように、俺の初恋はシロなんだ。だから泣きたいくらい感動してる」

「……うん」

続きを察しているのだろう。白草は表情を変えない。

「——だけど」

俺は大きく息を吸い、奥歯をかみしめた。

「今、俺はクロからも告白されていて、待ってもらっている状態だ。そして情けないことに、俺は今、クロとシロ、どちらにも好意を抱いていて、選ぶことができない」

「わかってる」

白草は短く告げた。

その声色に、悲愴感はない。

「私は今のスーちゃんの正直な気持ちが聞きたい」

「俺は——」

自分の情けなさに打ちのめされつつ、喉の奥から声を絞り出した。

「自分に都合のいいことを言わせてもらえれば、もう少し悩む時間が欲しい。クロも、シロも、俺はとても大事で、好きで、だからこそうかつに結論が出せないんだ。当然、こんな情けない俺に愛想を尽かして、告白をなかったことにしたいって言われても、俺は文句を言わない」

「——そんなことは絶対に言わない」

今度は白草が即答してくる番だった。

「私は今、スーちゃんが結論を出せない状態だって知って告白してるの」

「そ、そうなのか……？」

「ええ。そんな私が聞きたいのはただ一つ」

白草は胸の前でぎゅっと手を合わせた。

それはまるで、神に祈るような仕草だった。


「――私に、スーちゃんと結ばれる可能性はあるの？」


なんて切ない眼をするのだろうか。

今すぐ俺も好きだと言ってしまいたい衝動が湧き上がってくる。

それでも、決められない俺だからこそ、勢いに負けてはいけないから――

血が出そうなほど拳を強く握ることで、俺は強制的に理性を取り戻した。

「もちろんある！　だって、シロが凄く魅力的だからこそ、決められなくて――」

「志田さんと比べても？」

「魅力の方向性が違うから、簡単に比較できなくて……だから俺、わかんなくなってて……」

「……そう」

本心は黒羽より魅力的だと言って欲しかったのだろう。

それがわかっただけに、胸が痛んだ。

「でも！　これだけははっきり言える！　ちゃんと悩む！　悩んで、悩んで、真剣に悩んで結論を出す！　そうしないとめちゃくちゃ後悔するってわかってるくらい、シロは魅力的なんだ！　それこそ俺の人生でも、シロくらい魅力的な子から好かれるなんて、もう二度と現れないと思う！　だから――」

「ふふっ」

いきなり白草が笑いだしたことに、俺は驚きまばたきした。

「ど、どうしたシロ？」

「だって、スーちゃんも似たようなこと考えてるんだなって」

「どういうことだ？」

「私もね、人生でスーちゃんより好きになれる人なんてきっと現れない……そう思えるから、告白が怖くて……うまくいかないことを考えたくなくて……」

「シロ……」

「でも、言っちゃった。……ついに、言えちゃった」

ポツリとこぼした言葉に、俺は感動していた。

ずっとずっと白草の心の中で降り積もっていた気持ち。それが凝縮されていたことがわかる一言だった。

「もう言っちゃったんだから、隠す必要もないし、退く必要もないわ」

地面を見つめ、自分に言い聞かせるように言う。

「志田さんとも立場は五分。なら後は――攻めるだけ」

白草は顔を上げ、キッと俺をにらみつけた。

「スーちゃん、私はね、志田さんと同じように〝おさかの〟なんて関係で気を引こうとなんて思ってないわ」

「シロ、〝おさかの〟知ってたのか⁉」

「ええ」

そういえばクリスマスパーティ時、黒羽はヘッドマイクを捨てていたが、〝おさかの〟について言及している。そのとき同じ舞台上にいた白草が知っていてもおかしくはないだろう。

「〝おさかの〟は志田さんらしい発想だと思うわ。付き合っていないのに、付き合っていることができるっていう……ある意味双方にとって利益のある関係よね。そして、いざとなればどちらからもやめようと言えることで、関係は対等。ちゃんと優しくしてくれないと、自分は他の人に目がいっちゃうかもしれないっていう脅しまでついてる」

「脅しってほどじゃないと思うが……」

黒羽への敵対心が混じっているのか、なかなか手厳しい評論だ。

「でも、私はスーちゃんを脅したくない。いざとなればやめられるなんて対等性はいらない。このサインで、同じ場所まで来たことがわかっただけで十分」

白草は俺のサインが追加された見本誌を、ぎゅっと胸に抱えた。

「私はずっとスーちゃんが好きだった。初めて出会ったころから、ずっと。だから途中で関係をやめるとか、他の人に目を奪われるとか――ありえない。今までも、これからも好き。ただ、それだけ」

白草がゆっくりと右手を胸のあたりまで上げる。

そして人差し指を俺に向け、宣言した。


「スーちゃん、覚悟して……っ！　私、必ずスーちゃんを落としてみせるから……っ！」


それはまるで宣戦布告。

不器用だが気高く、それでいて実は臆病な白草らしい好意のぶつけ方だと感じた。

「結局、私はまっすぐにしか進めないの。だから私は、私と付き合うのが一番幸せで最高って、スーちゃんに骨の髄まで教えてあげる」

さすがに言ってて恥ずかしくなってきたのだろう。

白草の顔は真っ赤になり、最後の辺りは声が震えていた。

「し、シロ、無理しなくていいぞ？　凄く気持ち伝わったし、嬉しかったから……」

「は、恥ずかしくないわ！　その証拠に――」

白草が険しい表情で迫ってくる。肩をいからせているため、可愛い雰囲気はなく、ガッチガチになってることがわかった。

目の前までやってきた白草はつま先を伸ばし、俺の後頭部に右手を伸ばした。俺は左手に本を持っていたため、跳ねのけることも摑むこともできず、つい反応が遅れた。

（もしかして、これって、キ――）

とまで考えたところで、白草はつぶやいた。

「……スーちゃん、少しかがんでくれないかしら？　頭をなでてあげたかったのだけれど」

……………………ん？

あっ、ああ～～～～、シロだもんなぁ～～～～～～。

……うん、そうだな…………。

嬉しい。行動も、気持ちも、とても嬉しい。

でも……さすがにちょっとここまで盛り上がった気持ちから考えると……。

なんていうか……うーん、贅沢なんだろうが……ちょっと物足りないというか――

「キスじゃなかったのか――」

ポロッと出てしまった心の声に、白草はゆでだこのように顔を赤くした。

「あっ……えっ？　そっ、そんな風に……？」

「いやだって、告白されたばっかりでここまで接近されたら、それがちょっとよぎるっていうか……」

白草は一歩飛びのき、猛烈な勢いで髪を整え始めた。

「す、スーちゃん!?　だ、ダメよ、落ち着いて!?　キスっていうのは、一種の契約になるものよ。もっとしかるべき場所とタイミング、そして互いの気持ちが……いやでも、もしかしてさっきのタイミングがベストだった可能性も……？　ああ、でもダメダメ、さすがにこんな外ではえちぃすぎるわ……」

何だろう。あまりにも可愛らしくて見ているだけで幸せになれるのだが、放っておくと永遠に自分との対話を進めていそうだ。

だから俺は、今日の話をまとめることにした。

「シロ、俺に気持ちを伝えてくれてありがとな。俺、一生懸命考えるから。それにクロに対してと同様、正直な気持ちをちゃんと言うから。シロからも、嫌なこととか嬉しいこととか、遠慮なく言ってくれな。俺、もっともっとシロのこと、知りたいんだ」

ハッと我に返った白草は、表情を引き締め直した。

「じゃあ、今の私の、これが正直な気持ち」

そうつぶやくと、白草は頭を深々と下げた。

「――これからもよろしくお願いします」

第一章　新学期スタート！

＊

私立穂積野高校は、四月の第二週に始業式がある。

とはいえ、始業式なんて新学期始まりの形式的なもの。

重要なのはクラス分けだ。

その結果——

「いや～、みんな一緒でよかったぜ」

俺、黒羽、白草、哲彦は全員、同じクラス（三—B）になることができたのだった。

俺が新たな教室の席に座りつつ、しみじみとつぶやいていると、哲彦がツッコんできた。

「ま、オレら、私立文系コースの世界史・生物選択クラスだから、ぶっちゃけメンバーそのまま持ち上がりってわかってたけどな」

「え、そうなのか？」

哲彦は可哀そうな子を見つめる目をすると、俺の肩をポンッと叩いた。

「浪人生活、頑張れよ」

「まだ落ちてねぇ！」

なんてやつだ。ちょっと俺が無知だっただけでこの扱い。今年度もぶっちぎりのクズ野郎であることは間違いないようだ。

クラスを見渡してみれば、なるほど代わり映えのしないメンバーだ。

白草は峰と話しているし、黒羽もいつも昼食をとっている友達たちと談笑している。

「モモとレナは同じクラスになれたのかな？」

と話しかけたところで、哲彦の携帯が震えた。

「お、ちょうどその話題だ。二人とも二―Dだとよ。まあ真理愛ちゃんは進学するか迷ってるらしいし、玲菜の科目選択に合わせたって話だ。想定通りだろうが、まあうまくいった感じだな」

「そこまで情報を……。あいかわらずレナには優しいよな、お前」

「べっつにー。あいつは昔からの付き合いのある後輩だから、多少面倒見てやってるだけだ」

哲彦はサラサラの髪をかき上げた。

悔しいが周囲から美形と言われるやつがやると様になる。

そんな感じでダラダラ話していると、黒羽が寄ってきた。

「ハル、おはよ」

「ああ、おはよう、クロ」

俺と黒羽は別々に登校することにしている。以前俺が、さすがにみんなの前で引っ付きすぎると恥ずかしいと相談し、黒羽が了承してくれたためだ。

しかし――

近づく際、黒羽はさりげなくクンクンとにおいを嗅いできた。まるでマーキングでもしているかのような仕草だ。

（これもちょっと恥ずかしいから自重して欲しいって言ったんだけどな……）

黒羽と何かと話し合っているが、説得できる部分と説得できない部分がある。これは説得できなかったパターンだ。

大きな瞳と、童顔がどこか色っぽさを感じさせる唇。それらがフローラル系の匂いと一緒に迫ってきて、いやがうえにも俺の鼓動を弾ませる。

そうなると俺は黒羽が可愛すぎてクラクラするし、そんな場面をクラスメートに見られたりしたら嫉妬の炎で焼かれかねない。

ただその点は黒羽も理解しているようで、近づいたのは一瞬――すぐにクラスメートとしての距離に戻った。

「あ、そういえば哲彦くん。明後日の部活紹介、本当に任せちゃっていいの？」

穂積野高校は始業式の次の日に入学式があり、入学式の次の日から通常授業。そして通常授業開始日の放課後、生徒会主催の部活紹介があるのが毎年の恒例行事だ。

随分前から課題となっていた『新入生をエンタメ部にどう入れるか』。

これを考えると、部活紹介で何を言うかは大事なことだ。

黒羽はエンタメ部で、一応副リーダーの役職にある。それだけに放置できる話題ではなかったのだろう。

「任せてくれ。つーか、『入部希望者はオレのとこまで入部希望の紙を持ってこい』で終わりだ。与えられた時間は五分だが、十秒で十分だな」

「適当すぎだろ。お前のことだから『サービス満点の紹介動画を用意するぞ！』とでも言いだすかと思ってたぜ」

俺が机に肘をついて悪態をつくと、あいもかわらずバカにした感じで哲彦は肩をすくめた。

「末晴、部活紹介の目的ってなんだよ？」

「はぁ？　そりゃ、部活を紹介するってことだろ？」

「考え浅すぎだ。部活を紹介するってことは、『こんな楽しい部活で、素晴らしい先輩がいるから入ってください』って意味があるだろうが」

「……まあ確かに。つまり『勧誘が一番の目的』って言いたいのか？」

「おっ、珍しく正解じゃねーか」

「珍しくはつけなくていいんだよ！」

まったくいつもいつも失礼なやつだ。

横で黒羽が『あー』とつぶやいた。

「そっか。うちの部は人が来すぎて困りそうってのが問題なわけだし、そもそも群青チャンネルで部活紹介を常時しているようなもんだもんね」

「そういうこと。ガチで部活紹介なんてしたら、入りたいやつらがさらに増えちまうだろ？　だから応募方法を伝えるくらいで十分ってわけ」

「納得」

黒羽は身長の割に豊満な胸の前で腕を組み、頷いた。

「誰を入れるかってことのほうは？」

「企画書自体は、随分前に真理愛ちゃんからもらってるんだ。で、オレと検討してきて、現在最終調整の段階だ。近日中には群青同盟全員での会議にかける」

「哲彦、その会議、いつの予定だ？」

「ま、一週間以内にはって感じ」

「りょーかい」

「──甲斐くん、そういう話は私も揃っているところでしてくれないかしら？」

美しい黒髪と、陶磁器のような白い肌──白草だ。

冷ややかな声と眼光が哲彦に突き刺さっている。

先ほどまで峰と温和に話していた白草は、部活の話題が聞こえてきたせいだろう。会話を打ち切り、俺たちの間に割って入ってきた。

「別に後で可知にも共有するつもりだったからいいだろ」

「でも最初から私も聞いていたほうが手間は省けたはずよ」

哲彦は眉間に皺を寄せ、じっと白草を見つめた。

「可知さ」

「……何よ」

「ホワイトデーの日に末晴に告ったから、末晴の傍にいたいだけだろ」

「「「ぶぶぶっ！」」」

盛大に噴いた。

俺と、白草と、黒羽が。

ちなみに俺ら三人以外——クラスメートも聞いていたが、こっちはあまりに驚いたためか、愕然として動けずにいる。

「いやー、わかるぜ？　末晴、志田ちゃんとお前で決められないから返答保留になってるし？　さっき志田ちゃんが寄ってきたから、警戒してたんだろ？　だからってな、オレに喧嘩を売るのを口実に近寄ってくるのマジめんどーだからやめてくれってわけよ」

すげー、こいつ、言いにくいこと全部言いやがった……。

ちなみに白草から告白されたって情報は、俺から哲彦に伝えていた。

春休み、哲彦が俺の家に遊びに来て、さりげなく置かれた例の見本誌の一文を見つけ、白草から告白されたことがバレてしまったのだ。なのでしょうがなくすべてを自白するしかなかったのだが。

（まさか新学期早々教室でぶちまけてくるとは……）

ムカつくとか、よくも言いやがってとかじゃなくて――ここまで堂々と言われると、よく平然と爆弾を投下するもんだ、と感心してしまう。

とはいえ、そんな気持ちなのは俺だけのようだ。

まあ俺は文化祭で全校生徒の前で黒羽にフラれ、それを動画にアップされたあげくワイドショーのネタにされ、あまつさえ哲彦にキスをして同性愛疑惑が流れたことがある――いわばゴシップ的な猛者と言える。

だから吹っ切れているだけで、白草は違う。

「っっっ～～～」

机を杖代わりにもたれかかり、真っ赤になってうつむいてしまうほどダメージを受けていた。

「あっ、ふーん、ハル、そんなことがあったんだー。そうなんだー」

ダメージで動けずにいる白草とは正反対に、黒羽は黒いオーラを放ち始めていた。

いつもの可愛らしい小動物っぽい目が、今は腹を空かせた野犬のごとくギラついている。

「ねっ、なんであたしに言ってくれなかったの？」

「いたたたっ！」

ポンッと肩に置かれた手！　握力がとんでもないって！　バドミントン辞めて半年は経ってるだろうが⁉　お前、小動物系ロリ姉キャラはどこへやったんだよ⁉

「すいませんでした……」

俺は土下座することにした。

もうこの場は正論がどうとか意味がない。道理の通用する状態ではないのだ。

教室で土下座という行為に、恥ずかしい感情がないわけじゃない。

しかし現在、教室は黒羽が支配する闇のフィールドに変貌した。できることは最短で降伏宣言をし、少しでも痛みを減らすことだけだった。

「ハル、なんで謝るの？　やましいことあったの？」

声色はとても可愛らしいのに、なぜこれほど冷や汗が出るのだろうか。

「やましいことは何も……」

「嘘はなしって、本音でちゃんと話し合おうねって約束したよね？」

「い、一応、言わなかっただけで、嘘をついては——」

「はっ？」

ぶわっ、と全身に鳥肌が立った。

はっ？　の一言にこれほどの恐怖を感じたのは初めてだ。

この『はっ？』は、『はっ？　そういう小手先の言い訳でごまかすつもり？　どうして自分から言わなかったの？　ねぇ？　ねぇ？』と首を絞めているのを要約した一言だ。人目がなければ実際に行動に移されていたかもしれない。

俺は背中に伝う冷や汗で震えつつ、慎重に口を開いた。

「あ、いや！　本当は俺からすぐに伝えるのが筋だと思うんだけど――」

「うん、そうだよねー。普通そうだよねー。どうしてそうしなかったのかなー？」

「そ、それは――」

「――まったく、嫉妬に狂った女は見苦しいわね」

白草が俺と黒羽の間に入ってきた。

土下座しているので、ローアングルから見上げる状態となる。

いつもと角度が違うせいか、黒タイツに彩られた白草の長く綺麗な脚と、黒髪の艶やかさが強調され、ヒーローのごとく輝いて見えた。

「スーちゃんはね、優しいから私のことまで考えてくれたのよ」

「……へぇ、どういうこと？」

黒羽のへぇには、殺意が込められている。

俺は思わず身体を震わせたが、白草は一歩も引かなかった。

「スーちゃんは約束を守る人よ。だから自分のプライベートのことならあなたとの約束を守ってちゃんと話していたと思うわ。でもこれは、私のプ、プライ、ベ、ト、ト、プライベートや気持ちにまで影響が出てくる」

「っ！　まあそれは――」

ためらいを見せた黒羽の隙をつき、白草は振り返って膝をついた。

そして俺の手を取り、ゆっくりと立たせる。

「もう知られちゃってるし、せっかくだからはっきり学校でも言っておくね」

俺の手を摑んだまま、白草は頰を赤らめた。

「私はスーちゃんが好き……。ずっと前から……。志田さんに気持ちでは絶対に負けない……。変な駆け引きもしない……。いつまでだって待つから……だからゆっくり考えて、そしてよければ私を選んで……」

なんてストレートな告白なのだろうか。

ホワイトデーの遠回しと正反対な告白に、俺は感動してしまった。

二度目の告白とあって慣れてきたためか、学校の教室であるにもかかわらず、白草はまったく動じていない。

いや、違うか。動じていないというより、俺以外見えていないというほうが正しいだろう。

「おいおい、マジか！」

「スクープだぞ！　新聞部、昼休みに緊急招集だ！」

「可知(かち)さんすごーい！　大胆！」

「可知(かち)さんのあんな可愛(かわい)らしい顔、初めて見た……」

「ちょっと隣のクラスに広めてくる！」

「ギルティィィィィ！　グラビア経験のあるクール美人から教室で告白されるなんて……ギルティィィィィ……ううう……」

「わかるぞ、郷戸(ごうと)……。もう叫ぶ元気も出ないよな……。今日はみんなで泣き明かそう……」

白草(しろくさ)の教室でのオープン告白の破壊力は凄(すさ)まじいものだった。

とんでもないことになってしまったため、俺は動揺して周囲をキョロキョロすることしかできずにいたのだが、白草(しろくさ)はまったく気にせず、俺の手を握ったままチラッと黒羽(くろは)を見た。

「ねっ、スーちゃん。こんな怖い女はやめておきましょ」

「怖い女……？」

白草(しろくさ)のあまりに大胆な行動にあっけにとられていた黒羽(くろは)だったが、正気に戻ったらしい。

と、同時に魔王が発するような瘴気(しょうき)を放ち始めた。

なお、俺は逃げ出したいのだが、白草(しろくさ)が俺の手を掴(つか)んでいるので何もできずにいる。

「私、志田(しだ)さんよりも献身的にスーちゃんを支える自信があるわ。……想像してみて」

白草は遠い目で窓の外を見た。

「スーちゃんが社会人になったとき、会社員になるか芸能人になるかわからないけど、私は小説家だから比較的時間の自由がきくの。だからどんな仕事にだって合わせられるわ。出張や転勤、ロケにだってついていけるし、収入もあるし。もちろん家事だってしっかりやるわ。何より志田さんの料理はあれだし……ねっ？」

っ……『ねっ？』が可愛い……。

白草って、こういう甘えた感じを基本的にしてこない。

それを教室内でしてくることの破壊力――ダメだ、頭がくらくらする。

「可知さん……あたしに喧嘩売ってるよね？」

「売ってないように聞こえたなら私の言い方が悪かったと思うわ」

「へー、そう……。こんなに真正面から来るんだー」

「以前のあなたの表現を使わせてもらえれば、私の『段階』は上がったの。『あなたに追いついた』と言っていい。意味、わかるわよね？」

「……あとは押すことと、待つだけ」

「そう。以前の私は想いを知られることが怖かった。でも告白したのだから、もう隠す必要なんてないわ。真正面？　そうよ、不器用な私は、本来まっすぐなことしかできない。でもまっすぐこそ王道、勝利への道筋の最短ルートだと私は信じてる」

「……そう。そこまで覚悟が決まってるのね」

黒羽は深々とため息をついた。

そしてゆっくりと左手を前に出した。

「いいわ、認めてあげる。あたしも、これから本気を出すから」

「今までも本気だったくせに。負け惜しみね。でもそれが心地いいわ」

白草は黒羽から差し出した手を取り、がっちりと握手した。

「バトル漫画みたいになっててクソウケる」

哲彦が黒い波動をスルーし、最低な笑みを浮かべている。

お前の発言がきっかけでこんなことになったんだぞ——と言いたかったが、哲彦が言わずともいずれ表面化はしていただろう。

告白を保留していて立場のない俺は、どうなってしまうんだろ……と天井を仰ぐしかなかった。

変わっていないようで変わり始めた俺たち。

高校最後の一年が始まる。

＊

チャイムが鳴る。授業終了の合図だ。

春休み明けの授業はなかなか身体にこたえたが、昼休みとなれば元気が湧いてくる。

「クロ、後でちょっとミドリの顔でも見に行ってみないか？」

俺はぶらっと席を立ち、黒羽に声をかけた。

「どうしたの、急に？」

「だってさ、あいつ、今日が高校での初授業だろ？　今ごろきっと、高校の授業の速さにびっくりして放心状態だろ？　ちょっとからかいたくね？」

「もーっ、まったく趣味悪いんだから」

やれやれといった感じでカバンから取り出したお弁当を机に置きつつも、機嫌は悪そうに見えない。

黒羽が『もーっ』を使うときは『しょうがないなぁ』というニュアンスではあるものの、肯定的な意味なのだ。

「陸もミドリと同じクラスらしいし、二人に先輩風吹かしてやろうかなと思って」

「あー、それが本命でしょ？　今まで後輩と言えばモモさんと玲菜ちゃんだったから、ハル、先輩らしいことできなかったもんねー」

そうなのだ。真理愛は後輩と言えども、あらゆる能力に秀でた才媛と言える。いつも俺を立ててくれるが、冷静に考えると真理愛のほうが凄いので先輩風を吹かせた分だけ俺が情けなくなるって構造だった。

玲菜は言わなくてもわかるだろう。先輩風を吹かせた瞬間、何倍もの辛辣な言葉が返ってくる。その生意気さに対してお仕置きし、先輩の偉大さを教える楽しみもあるのだが、先輩風を吹かせる楽しさとは別だ。

「まあでも、確かに様子は気になるし、ご飯食べたら行こっか」

「よっしゃ」

「私もいいかしら？」

横から白草が入ってきた。

「碧ちゃんとは時々やり取りはしてるけど、なかなか顔を見る機会はなかったから」

新年度になって以降、黒羽と白草が揃うと、喧嘩する率が高くなっている。

一瞬警戒した俺だったが、今回はまったくその片鱗はなかった。

「ありがとね、可知さん。碧から『いろいろアドバイスをもらって助かった』って聞いてる」

「可愛い後輩に力を貸すのは当然よ。礼はいらないわ」

「それでもあの子の成績からして合格はギリギリだったと思うし、姉として感謝してる」

「……私は一人っ子だから、妹ができたみたいで楽しかったわ。気にしないで」

白草には姉妹同然である紫苑ちゃんがいるが、元々同学年だし、特殊な事情が絡んでいる。性格上後輩に慕われるって雰囲気があまりなさそうな白草にとって、体育会系後輩ムーブで慕ってくる碧は新鮮で好ましかったに違いない。

「じゃ、三人で見に行こっか」

黒羽のセリフに、俺と白草は頷いた。

＊

ということで俺、黒羽、白草はそれぞれ昼食を終えた後に合流し、一年生の教室がある三階に来たわけだが——

「おいおい、あれって群青同盟の——」

「うわっ、ホントだ⁉　ホントにいるんだー⁉」

「写真撮っていいのかな？」

「私、丸先輩の子役時代が初恋なんだよね……」

「あー、わかる。ダンスカッコよかったし……」

「映像より志田先輩って美人に見えるなぁ」

「いやいや、可知先輩のほうがヤバいって！」

……うーん、落ち着かない。

（本当に俺たちの知名度って高いんだな……）

哲彦に引っ張られていろいろやっているうちにいつの間にか——という感じなので、テレビでヒットしたときと違って実感がわかない。

ざわつく新入生たちがモーゼの十戒のように左右に分かれて道を作る。

俺たちは恥ずかしさを感じつつ、目標の一—Fにたどり着いた。

（さて、ミドリと陸のやつ、どんな感じかな？）

ひょいっと首を伸ばして教室の中を覗き込んでみる。

「⁉」

その瞬間、俺は絶句した。

教室の後方辺りで座っていた碧が、陽キャな雰囲気の男子たちに囲まれていた。

「へ～、志田さんって、中学のときテニスやってたんだ～」

「可愛いし、すげーモテたでしょ？」

「あははっ！　んなことないって！　アタシがさつだし、女扱いされなくて」

「そりゃ周囲の見る目なさすぎっしょ」

「あー、でも小学校から中学校に持ち上がってるパターンのとき、あるよなー。可愛いのに昔から知ってるせいで素直になれない男子」

「わかるわかる！」

「もったいねー。そうだ、今日の放課後、俺とカラオケいかね？」

「おいおい、何いきなりぶっこんでんだよ！　抜け駆けすんじゃねーよ！」

うわっ……マジか……。

（あのミドリが、めっちゃモテてる……）

俺と碧は同じ中学だが、一緒に学校にいたのは俺が中三、碧が中一の一年間だけだ。

あのころの俺はまだまだ恋愛に疎いし、碧だって胸も小さく山猿のような弟というイメージだった。そして背も伸び、肉体も女性らしさが十分に出たというのに、まだそのイメージを俺は引きずっている。

だからこそ、今、目の前にある光景が衝撃的だった。

黒羽がつぶやく。

「へぇ、あの子、結構モテるんだ」

姉として新たな発見をしたと言わんばかりの黒羽に対し、白草が突っ込んだ。

「何言ってるのよ。碧ちゃんは魅力的よ。容姿もスタイルも性格もいいわ」

「まあでも一年のときの可知さんのほうが凄かったよね。他のクラスから見に来てるくらいモテてたよね？　全員にそっけなくあしらってたことも含めて、女子の間でも話題になってたもん」

「あなたに言われたくないわよ。今の碧ちゃんの倍は寄ってきてたじゃない。スーちゃんを盾にして全員袖にしてたところ、私は何度も見てるわよ」

「うわっ、クラス違ってたのに……やっぱり可知さん、そのころからあたしのことチェックしてたんだ……」

「当たり前でしょ。私は『ずっと前から』スーちゃんが好きだったのだから」

ヒソヒソ話でさらりと凄いことを言われている気がするのだが、碧の様子も気になり集中できない。

「あははっ、いやー、アタシ、勉強ついていくの大変そうだから、今日は部活紹介の後すぐに帰って予習復習しようかな、と思ってて……」

「なら勉強会しようぜ！　それなら教え合えるし！」

「あ、俺も行く！」

「オレも！」

陽キャ軍団の押しつよっ！

哲彦は陽キャの行動力と社交性を持つが、闇属性だ。皮肉が強いし、策謀が常に漂っている。そのためノリで進めていこうとするまぶしさが新鮮だ。

「あー、でもアタシ、一人のほうが集中できるし……」

碧はイケメンもいるというのに、興味がなさそうだ。明らかに困って見える。

碧がモテて喜んでいるのなら、兄的立場の俺は、寂しいが密かに応援してやらねばと思っていた。だが困っているなら放置はできない。

俺は教室の中に乗り込んだ。

いきなり現れた上級生——しかも俺自身知名度があるためだろう。一気に場がざわついた。

しかし碧に集中している陽キャ軍団は俺が迫っていることに気がつかない。

俺は堂々と割って入って話しかけた。

「ミドリ、午前の授業どうだった？　高校の授業スピード、速いだろ？」

「スエハル⁉」

碧が目を見開いて驚く。

陽キャ軍団は邪魔されたと見てか、表情を硬くした。

「はぁ、お前いきなり——」

と一人が言いかけて、別のやつが止めた。

「いや、ちょっと待て。この人——」

「末晴って……まさか……」

「群青同盟の、丸末晴先輩ですよね？　元子役の」

「そうだけど、それが？」

碧を困らせていたこいつらに、俺は自分で思っていた以上にムカついていたようだ。つい威嚇するような口調で言ってしまった。

（さすがに大人げなかった……）

と心で反省したのだが――

「おーっ、すげーっ！」

「マジだーっ！」

「オレ、去年『ニューくんダンス』、みんなで練習して動画投稿しましたよ！　あれ、超絶難易度で、小学生で踊ってたとか信じられなくって！　先輩マジリスペクトっす！」

「あれ……？」

もしかしていいやつ……？

最近の陽キャ、こんな感じなの……？

それとも俺が有名になったからこんな待遇なのか……？

「スエハル……アタシに声をかけにきたんじゃなかったのかよ……」

どうやら褒められてヘラヘラしていたらしい。

碧が不機嫌そうににらんできた。

「いやー、ははは！　まあ後輩の相手をするのが先輩の役目ってことで」

「ちょーっと褒められるとすぐに調子に乗るんだよな、スエハルは。高三になってもまったく変わんねーじゃねーか」

「お前に言われたくねーよ。こいつらがすげぇもてはやしてくれてるのに、文句言ってるときのほうが生き生きしてるじゃねーか。高校生になったんだからせめてもう少し言葉遣いをだな――」

「うわっ、ウザッ！　スエハルさぁ、わざわざ後輩の教室まで来て説教はさすがにダセーって」

「ぐぬぬっ……心配してきてやったのに……」

「きてやったとか、恩着せがましいって。まったく昔からさ――」

ふと俺と碧は我に返った。

周囲の生徒たちが全員、ポカンとしている。

そんなところへ黒羽と白草がやってきた。

「みんな、驚かせちゃってごめんね。この子、あたしの妹で、ハルとは昔から兄妹みたいな感じなの。いきなりそのノリで話しているのを見ると、びっくりしちゃうよね」

陽キャ軍団が目をパチクリさせる。

一人がつぶやいた。

「あっ、名字が志田だもんな……」

「志田先輩と雰囲気違ってたから気がつかなかった……」

　これは昔から珍しいことじゃない。黒羽は父親似で小柄、碧は母親似で大柄なので、初対面の人は姉妹と気がつかないことが多い。

「――あなたたち」

　白草が陽キャ軍団をにらみつける。

「碧ちゃんが困っているの、気がつかなかったのかしら？　だとしたら今後近づかないで欲しいわ。碧ちゃんは私の可愛い妹分なのだから」

「か、可知先輩……本物だ……」

「す、すいません……つい……」

　白草が冷たい空気を発すれば、相当の猛者でない限り震えあがる。特に先輩と後輩という立場の差もあって、てきめんだった。

「ちょっと頭を冷やします……」

　一人がそう言って逃げると、他の陽キャたちも続いていった。

　碧が目を輝かせて席を立った。

「白草さん、来てくれたんですか……っ！」

「ええ、碧ちゃんの様子が気になって」

「しかも助けてくれて、ありがとうございます……っ！」

　碧のやつ、白草相手だとめっちゃ素直だよなぁ。

まあ俺と黒羽は家族みたいなもんだしな。

碧は体育会系のノリが染みついている。碧の本来の先輩に対する態度は、白草へのものが普通なのだろう。

碧は黒羽や白草と話が盛り上がりだしたので、俺は陸を探した。

「うおっ⁉」

俺は思わず声が出てしまった。

陸が教室の前にある席に座ったまま、じーっと俺のほうを見ていたからだ。

あいかわらずのリーゼントなので、不良オーラが凄い……のだが、今は迫力がまったくない。むしろへにゃにゃにゃだ。どことなく頬がこけてさえ見えた。

「よう、陸。どんな感じだ？」

俺は碧たちから離れ、声をかけた。

するといきなり陸は両眼から滝のような涙をあふれさせた。

「どっ、どうした⁉」

「せ、先輩……話しかけてくれて……マジあざっす……っ！」

俺の手を取ってきて、拝むように頭を下げてくる。

「お、おおっ……そりゃここまで来たんだし、話しかけるだろ」

「入学式から今まで、話しかけてくれたの、先輩が初めてなんっす！」

「あー」

まあなぁ……。陸のやつ、話すといいやつってわかるが、朱音との一件でも外見で誤解したくらい、いかついからな……。

「中学んときは俺みたいなはぐれ者ってクラスに一人くらいいて、何となくそういう連中とつるむパターンが多かったんすけど……。ここ進学校だからみんな優等生っぽいやつばっかで……」

「お前見た目ヤンチャだけど、内面オタクだもんなぁ。せめてリーゼントやめてみたらどうだ？」

「そこはポリシーなんで譲れないっす」

「お前変なとこだけ根性据わってるよな!?　じゃあ諦めろよ」

「見放さないでくださいよ〜っ！」

ガタイのいい後輩に抱き着かれても嬉しくなさすぎる……。

俺が陸を引きはがそうとしていると、可愛らしい後輩の声が聞こえてきた。

「ねーねー、丸先輩って、同じ群青同盟の甲斐先輩とできてるって話、聞いたんだけど……」

「あ、私も！　〝察してくれ、群青〟事件でしょ！」

「これってもしかして……」

「きっとそうだよ！　愛人だよ！　オラオラ系との三角関係だよ！」

「きゃーっ！　尊いーっ！」

　俺は頭を抱えて叫んだ。

「おいぃぃぃぃ！　陸ぅぅぅ！　お前のせいで別の意味で炎上しちゃってるじゃねぇかぁぁ！」

「おれ、基本いつも炎上しているみたいなもんなんで、気にしてないっす」

「お前が気にしてるかどうか聞いてないんだわぁぁ！　とにかく放せよぉぉぉ！」

「そう言わず助けてくださいよぉおっ！」

「写真撮っとこっ！　漫研に入って二人を題材にした同人作らなきゃ！」

「それだけは勘弁してくれぇぇぇ！」

　結局、混乱する場が落ち着いたのは、見かねた黒羽と白草が介入してからだった。

＊

　新学期が始まったばかりのころ、注目度が高かった俺たち群青同盟のメンバーたちは、廊下を歩くたびに新入生から声をかけられるような状態だったが、段々と落ち着いていった。

　またほとんどのメンバーがそのままクラスが持ち上がったおかげで、違和感なく迎えられたのだが——俺たちエンタメ部には大きな問題が立ちふさがっていた。

「…………」

「…………」

「…………」

「…………」

体育館の裏にある第三会議室には、入部希望の用紙の束が積まれていた。

昨日、部活紹介から一週間経ち、入部の応募を打ち切った。

そのため今日、集まった入部希望の紙の全貌を初めて見たのだが――そのあまりの多さに、俺、黒羽、白草、真理愛の四人は絶句していた、というわけである。

平然とした顔をしているのは、哲彦と玲菜だけだ。

「おい、哲彦。これ、何枚あるんだ？」

「二百五枚」

「…………は？」

「二百五枚、だ」

俺はぽかんと口を開けざるを得なかった。

だって、新入生って四百人だ。うちへの入部希望者が五割を超えている。

他の部活で一番多いのが確かサッカー部で……現二年と三年で三十人くらいだっけ？

おかしい……完全に数がバグってる……。

「数え間違いってことはないよな……？」

「あっしが数えたんで間違いないっス」

玲菜が八重歯を見せ、大自然の恵みに感謝したくなるような豊満な胸を自信ありげに叩いた。

「この前、志田先輩たちだって百人～二百人って予想してたじゃないっスか。それを超えたのはちょっと驚いたっスけど、パイセンのアホ面を見てると、こっちが悲しくなってくるんでやめて欲しいっス」

「誰がアホ面だって？」

「後輩いじめ反対っス～っ！」

頬を引っ張ってやると、玲菜は不満そうに暴れた。

俺の攻撃から脱出すると、珍しく玲菜はキッとにらみ上げてきた。

「パイセン……こんなことできるのもあと少しと思ったほうがいいっスよ」

「ほう、まだやられたりない、と？」

俺が手をわちゃわちゃと動かしながら一歩近づくと、玲菜はじりっと一歩あとずさりした。

「この前まではあっしも一年生……しかも準メンバー……年齢的にも役職的にも一番下っ端だったんで、しょうがないと思ってたっス。でも——これからは違うっス！」

ぐぐっ、と拳を握り、玲菜はポニーテールを揺らした。

「一年も経たず、ももちーが部長！　そしてあっしはその右腕！　数多く入ってくる一年生！

当然一年生が慕うのは、年齢の近いあっしたち！　パイセンは頭が弱いんで教えてあげるっスけど、戦いは数っスよ！」

「誰の頭が弱いって？」

「話をちゃんと聞くっス～！」

俺がまた頰を引っ張ると、玲菜は俺の手首を摑んで抵抗してきた。

「お前、成績学年一位なんだろ？　そろそろ学習しろよ」

「あっし、噓はつけないんで」

真顔になり、極めて冷静に玲菜は言う。

俺は先ほどの倍ほどの力で頰を引っ張った。

「はいはい、俺がアホ面で頭が弱いのは事実だ、と。あくまでそう言いたいわけだな？」

「権力と暴力にあっしは屈しないっス～！」

そんな馬鹿なやり取りをしている横では、黒羽と白草が入部届を一枚一枚めくり、眉間に皺を寄せていた。

「備考欄にやる気がびっしり書いてあると、採用してあげたくなるわね」

同情的な白草に、哲彦が冷徹な声を浴びせた。

「甘いぞ、可知。そういうのってビジネス本とかのコピーでどうとでもなるからな。うまいほど逆に手を抜いてる可能性だってある」

「あ、顔写真もつけさせたんだ」

黒羽がそうつぶやいたので、俺も一枚入部届を手に取ってみた。

入部届といっても手書きではない。入部届のデータをダウンロードし、記入したものを提出してもらい、カラー印刷したものだ。先ほど自信を持って玲菜が数え間違いがないと言ったのは、元々データで管理していたからだろう。

写真は携帯で撮ったものでOKだ。顔がちゃんとわかれば問題ないのだが、この点性格が出やすく、真面目そうな外見なやつほど真剣で、軽そうな雰囲気なやつほど笑顔が多かった。

「!?」

俺は手に取った入部届を見た瞬間、目を見開いた。

慌てて二十枚ほどを摑み、顔だけをささっと見ていく。

そして三枚ほど選別し、哲彦を手招きした。

「何だ、末晴」

「見てみろよ、哲彦」

俺はガッツポーズをした。

「――ちょっと見ただけでも、今年の新入生……可愛い子が多い」

「あっ、ふーん……」

「へー……」

「お兄ちゃん……」

殺気が背中に突き刺さる。悪寒が襲ってきて、全身から冷や汗が噴き出た。

「ごめんねー、ハル……あたし、可愛くない女で……」

「末晴お兄ちゃん、もっとモモの顔を見てくれませんか……？　モモは芸能界の荒波を潜り抜けた女優……こんな小娘どもに負けるつもりはないんですが……？」

俺は震えあがったが、いつもはもっとも鋭い舌鋒の白草の声がしないので、不思議に思ってゆっくりと振り返った。

すると――白草は真っ赤になってモジモジしていた。

「あ、あの、スーちゃん……写真なら、私、いくらでも撮っていいから、見比べてみてくれないかしら……？　もちろん誰にも見せないのが前提だけど……例えばグラビアで使った衣装を、スーちゃんの前だけなら着てあげてもいいし……。それならこの子たちより、可愛くて魅力的にならない、かな……？　どう、スーちゃん……？」

ううっ、凄い……なんて破壊力なんだ……っ！

ど真ん中に百六十キロのストレートを放り込まれたような気持ちだ。抗うことのできない暴力的な魅力が俺の胸を貫く。

あまりの可愛らしさに、全身の血が逆流し、脳を揺さぶられるようだ。

「そ、それなら末晴お兄ちゃん！　モモも！　どんな衣装で写真を撮ってもいいですよ！」

「ははは っ、ありがとな……」

俺は苦笑いを真理愛に向けつつ、動揺を抑えるので精いっぱいだった。

真理愛も同じことを言っているのに、これだけの鼓動の差は何だろうか。

真理愛は芸能人ってこともあって、様々な衣装を見慣れているというのはある。

でも何より、あの白草がこんな大胆なことを言ってくれている、ということが大きい。

告白される前ならあり得ない。

人前で恋人にしか言わないようなことを平気で言ってくる。

初恋を覚えた容姿、服装、そのままで——ただし表情だけ柔らかくして。

「吹っ切れた可知さんがこんなに怖いなんて……またいろいろと考えなきゃ……」

ぶつぶつと黒羽がつぶやいていたが、俺には聞こえなかった。

＊

「で、結局どうするんだ？」

場が落ち着いてきたころ、俺は哲彦に尋ねた。

「モモが入部条件の内容を考えて、お前がチェックしたんだろ？　そろそろ内容を教えてくれよ」

「そうだな。じゃ、真理愛ちゃん、よろしく」

真理愛が席を立つと、ホワイトボードの前に移動した。代わりに哲彦は玲菜の横に座った。

部室では、いつも哲彦がホワイトボードの前に立って説明していた。それが真理愛となったことに、少しだけ世代交代が感じられた。

「えー、今回考えてきた入部条件は、ビジネス書などで学びつつ、『一緒に活動をしたいと思えるかどうか』が見えてくるような入部試験を用意しました」

さすが真理愛。ビジネス書を参考にするというのは基本かもしれないが、ちゃんと調べてきてくれたようで頼もしい限りだ。また『一緒に活動をしたいか』は凄く重要な要素だろう。

「また外部条件――先生たちとの協議の上でつけられた条件なんですが、正メンバーは十人以内にして欲しいと言われています」

「十人って、なんか根拠あるのか？」

俺が尋ねると、真理愛が肩をすくめた。

「いえ、特に。ただの目安みたいです。あんまりエンタメ部に部員が取られると潰れる部活が出てきてしまうだろうから、なるべく少なめにして欲しいというのが一つ。あと先生たちとしては、学校外へ情報が発信されること自体にかなり抵抗感を持っていまして……。まあエンタメ部はどうしても活動内容自体、羽目が外れやすい面もあるので、なるべくメンバーは少なくして欲しい――そんなところが本音のようです」

「……今更だが、よくエンタメ部、部活の承認もらえたな」

椅子の背に重心をかけ、自慢げに哲彦が言う。

「そりゃオレが教師の弱みを握って裏工作したし？」

「お前、さりげなく犯罪を自白するのやめてくれる？」

哲彦はさらりと俺の言葉を無視した。

「文化祭の動画の時点で、すでにマスコミが絡むほどのお祭り騒ぎになっちまってたしなー。お前と可知と真理愛ちゃんのネームバリューや影響力を考えると、学校としてバラバラに行動させるより一か所に集めといたほうが監視しやすいんじゃねーの？　って囁いたわけよ」

「あー、そういう考え方もあるか……」

「で、優等生で教師から絶大な信頼がある志田ちゃんを副リーダーに据えることで、まあそれなら本当にヤバいことはしないだろう……という安心感も与えたわけだ。あと玲菜も成績一位の特待生だし、マジでやべーことすると特待生免除されるだろうから、ストッパーに回るだろうって見ているみたいだな」

黒羽と玲菜はうんざり顔でため息をついた。

「あたしの名前もそんな風に使われてたんだ……」

「テツ先輩、あっしが特待生ってことも計算に入れてたんスね……」

ポンッと真理愛が胸の前で手を合わせて注目を集めた。

「つまりこの五人＋玲菜さんのメンバーは、絶妙にバランスが取れていたわけです。ということで当初の方針通り、採用は少数精鋭を目指します。それでふるいにかける基準ですが、今の時点で確認してもらいたいのは一つだけです」

「へっ？　これだけ書いてもらって、一つ？」

入部届には本名、誕生日、クラス、志望動機などいろいろな項目が用意されている。

「ええ、志望動機などは面接をするときに使用すると思いますが、この場で弾く項目があります。それは——」

真理愛は黒ペンを掴み、ホワイトボードに書きなぐった。

「——ＳＮＳを積極的にやっているか、です！」

「あっ……あー、なるほど……」

芸能経験のある俺は、瞬時に理解した。

黒羽が疑問の声を上げる。

「何となく意味はわかるつもりなんだけど、念のためちゃんと説明してくれる？」

「もちろんです」

コホンッ、と真理愛は咳払いした。

「群青同盟はＳＮＳで活動しています。それで一番怖いのは『情報漏洩』です」

「動画を出す前に、自分のフォロワーを稼ぐためにネタバレされたらやってられないというわけね」

「可知が言ってるのは具体例として間違ってねぇ。でもな、本質を考えたほうがもっと広く見えるぜ」

「どういうこと、甲斐くん？」

「本質は、『約束を守らねぇやつとは一緒にやっていけねぇ』『売名行為のために群青同盟に入るようなやつ、オレたちと気が合わねぇしムカつくだけだ』って点だ」

哲彦の言い方は辛らつだが、事実と言っていいだろう。

哲彦は入部届を一枚つまみ、ＳＮＳの欄を指した。

「つーわけで、入部届にやってるＳＮＳを全部書くようにしてある。フォロワー数も書かれてるから、千人以上のやつをピックアップだ。んで、自己顕示欲強そうなやつはここで落とす。他にも目立ちたがりな感じのやつは、入部が決まった場合、更新の停止を条件として提示する」

「結構厳しいな……」

「これでも優しいと思うぜ？　群青同盟に入った瞬間、一種の有名人だ。絡みてぇやつなんて腐るほどいる。ちゃんと選別しねぇと、痛い目を見るのはオレらのほうだ。オレはお前らだから今まで秘密保持契約書を用意してなかったが、すでに総一郎（そういちろう）さんには作成を頼んである」

「うげっ……」

でもまあ、群青（ぐんじょう）チャンネルは下手な芸能人より多くの再生数と登録数がある。その利益を預かろうというやつが多いのは当然で、哲彦（てつひこ）が警戒するのも無理はないだろう。

俺も芸能界でたくさんそういうやつを見てきた。

アイドルになったが、それで女の子に声をかけまくって消えた人とか、金が入って急にばらまき始めた人とか。

金も人気も人を狂わす材料になる。その辺り、哲彦（てつひこ）はよく理解しているようだ。

真理愛（まりあ）が話を進めた。

「ここは人海戦術なので、皆さんご協力ください。そして次の段階として、モモはやはり面接をするべきだと考えました」

「面接……？　以前、応募者が多すぎるからやめておこう、みたいな話なかったっけ？」

「そこはわかりやすい仕掛けと基準を用意しました。もちろんそれでも大変ですが、必要な審査だと思っています。これから説明するので、皆さんよくお聞きください」

真理愛（まりあ）が朗々と語っていく。

それを聞いて俺たちは、なるほどと納得したのだった。

＊

数日後——某文化センター会議室前。

「はいはい、十四時五分から面接の横山さんっスね。はい、名前のプレートっス。それを胸につけて待合室で待っていてくださいっス。順番来たら名前呼ぶんで」

「あ、はい、わかりました！」

『面接会場』と書かれた会議室前で受付をしている玲菜が、向かいの『待合室』へと私服姿の男子生徒を案内する。

待合室の中ではすでに七人ほどの生徒がいた。

男子生徒がたまたま同じクラスのやつを見つけ、話しかける。

「お前も来てたのか」

「まあなー。だって群青チャンネル見たら、応募するしかないじゃん」

「だよなー。丸先輩なんて、一年のときバレンタインチョコもらえなかったらしいんだけど、二年のときは紙袋満杯だったらしいぜ」

「うおっ、すげーっ！　夢あるなーっ！　群青同盟に入ってる間はSNSに制限あるっぽいけど、うまく知名度稼いでおけば、大学になってWeTuberとしてやってけるだろうしな」

「おいしすぎるぜ……っ！　ぜってー合格しねーと……っ！」

小声で盛り上がる二人。

すぐ横では別の男子生徒三人がこんな話で盛り上がっている。

「お、おれ、真理愛ちゃんのファンクラブに入ってたんだ……。ぜ、絶対受からないと……」

「俺、可知先輩にガチ恋勢なんだけどさ……。スパチャ開放されてないからさ、実は贈り物を定期的に贈ってるんだ……」

「バカ！　最高なのは志田先輩だろ！　あのロリ顔に、あの胸！　小悪魔的性格！　俺の理想なんだよ！　あんな人に近づけるチャンスなんて、人生二度とないって！　入部できたら、ラッキースケベのフリをして胸に飛び込んでやる……っ！」

またそこから少し離れたところに座っている女子生徒たちはこんな会話をしていた。

「やっぱ甲斐先輩カッコいいよねー」

「えーっ、あの人、女癖超悪いらしいよー。あたしは丸先輩のほうがいいかなー」

「でもやっぱ顔は甲斐先輩のほうがいいじゃん？」

「まあそうだけど、丸先輩はダンスとか、役者やってるときは超カッコいいじゃん！　それに丸先輩と付き合ったら、超自慢できるっしょ！」

「テレビで見てたマルちゃんがあの人って、なんか不思議だよねー。ま、面影はあるけどさ」

「丸先輩と付き合ったら、アタシにも芸能界から声かからないかなー。実際志田先輩、声かかったことあるって」

「嘘⁉　マジで⁉」

「でも断ったらしいよー。ホント意味わかんなーい」

「何それー。感じ悪っ。可知先輩も偉そうにしてるから、イメージよくないけど」

「だよねー。アタシが丸先輩狙ってるのはさ、志田先輩と可知先輩、それに桃坂先輩まで丸先輩にぞっこんらしいってとこなの」

「……それってつまりどゆこと？」

「丸先輩と付き合ったら、アタシあの三人より格が上ってなるよね？　つまりアタシの勝ちってこと」

「なるほどー、確かに！　じゃ、アタシも丸先輩狙っちゃおうかなーっ！」

「あ、アタシのパクんないでよーっ！」

こうして待合室では雑談が盛り上がっている。

だが彼、彼女らは知らなかった。

待合室には、玲菜が取り付けた監視カメラが作動していることに。

「こいつもダメっすねー。ももちーの策、ばっちり嵌まってるっスなー」

片耳にイヤホンをつけ、ＰＣで映った画面を見つつ会話を聞いていた玲菜は、受付名簿にチエックをつけた。

真理愛が用意した『三段構えの試練』。

その一つ目は待合室に用意した監視カメラであり、入部届を出した新入生の本音を聞こうというものだ。

もちろん後で他の人もチェックするが、すべてを全員でチェックするのは非効率的なので、玲菜が最初の段階としてダメそうなやつにチェックをつけているというわけだった。

（しかし、一段階目でこれほどダメな新入生が多いとは……審査が必要になるわけっスね……。これ見てると、丸パイセンを始めとして、群青同盟のメンバーみんな、かなり善良な人間なんだってわかるっスなぁ……。ま、テツ先輩だけは例外っスけど）

やれやれと思いつつ、玲菜はため息をついた。

「あのー、受付ってこっちですか？」

「あ、はい、ここっスよー」

新たにやってきた新入生を、玲菜は顔を上げて笑顔で迎えた。

＊

一方、面接会場――

そこは張り詰めた緊張感で満たされていた。

窓際に並べられた長机。末晴、哲彦、黒羽、白草、真理愛の五人が並んで座っている。

だが、ただ座っているだけではない。全員不機嫌な表情で、重い雰囲気を発していた。

末晴は肘をついてやる気がなさそうにしているし、哲彦は時折舌打ちをする。黒羽はコツコツと人差し指で机を叩き、白草は凍てつく眼差しを浴びせ続け、真理愛は興味なさげにふわふわの髪を整えていた。

そんな五人を前にし、面接を受ける茶髪の男子生徒が部屋の中央にポツンと置かれた椅子に座っている。

男子生徒は圧力に負けじと震えあがりつつ、懸命に声を張り上げた。

「そ、その中学のダチが群青チャンネル好きだったんで！　その影響で俺も見始めてみたんっすよ！　そしたら——」

「影響、ですか……」

どうでもいいことのように真理愛がつぶやく。

「つまりミーハーで、有名になりたいから入りたいってことでいいのかな?」

黒羽はニッコリと笑っているが、目は笑っていない。

瞬時に危険を察知した男子生徒は慌てて抗弁した。

「そ、そんなことはありません！　お、俺、小学校のころ、マルちゃんの〝ニューくんダンス〟に影響を受けていまして――」

「マルちゃん？」

刀のごとき鋭さで白草が叩き切る。

「丸先輩、よね？　二つも学年が上の大先輩に失礼と思わないの？」

「あ、いえっ、そんなつもりじゃ！」

「じゃあどういうつもりだったわけかしら？」

「ま、丸先輩は昔、その呼び名であまりに人気だったもので……つい……」

「まー、俺なんてその程度の扱いだよなー。お前も文化祭動画が出たとき、周りのやつと一緒に俺をバカにして笑ったクチだろ？」

「そっ……そんなことは決して！」

一瞬、男子生徒が言いよどんだことを哲彦は逃さなかった。

「――嘘だな。お前、さっきから嘘を言うとき、眉が動くんだよ」

慌てて眉毛を押さえた男子生徒を見て、哲彦はニタリと笑った。

「おおっと、おバカな後輩が引っかけにかかったわけだが～」

「おやおや、こんな古典的な方法にも対応できないんですね。モモは次期部長として、もしこの人が入ったら、たっぷりしつけをしなければなりませんが、黒羽さんはどう思います？」

「そもそも入れる必要あるかな～？　他にもたくさん希望者いるでしょ？」

「そうね。それがいいわ。スーちゃんからはどう？」

「随分俺をバカにしてくれてたみたいだけど、この場で言いたいことあるか？　最後だと思って何でも聞いてやるが？」

　全身から汗を垂れ流し、すでに顔を上げることすらできていない男子生徒はがっくりと肩を落としてつぶやいた。

「いえ、ありません……。失礼しました……」

　面接は終了し、男子生徒は足をふらつかせて貸し会議室を後にした。

　バタンッ、とドアが閉まった瞬間、一気に面接室の空気が緩んだ。

「いやー、今のやつ、根性なかったなー」

　時間を無駄にした、と言わんばかりに哲彦は頭を掻いた。

　末晴がため息をつき、口をへの字に曲げる。

「俺の文化祭動画を見て笑うなんて当たり前だから、いっそ『めっちゃ笑いました！』くらい正直に言えばよかったのになー」

「ああいう取り繕うのってイメージ悪いよね。それと、最初のアピールもみんな同じ感じで……それ聞き飽きましたーって、あたし言いたくなっちゃった」

「黒羽さんのミーハー発言は殺意がこもっていて、圧迫面接としては最高でした」

「そんなところ褒められても困るんだけど……。殺意なら、可知さんのほうが凄かったじゃない」

「っ！　だって先輩であるスーちゃんをマルちゃん呼びよ⁉　私の中ではあの時点で叩き出そうと思ったくらいよ！」

そう――『圧迫面接』。

それが真理愛の立てた二段階目のチェックだった。

待合室でどれだけおとなしくしていても、その程度では人間の本質はわからない。

あえて悪い態度で接し、相手を萎縮、または激昂させ、自分たちと一緒にやっていけそうな人間かどうか、探り出そうというわけだった。

「ま、ここまでやっといてなんだけど」

黒羽が手元のペットボトルに入った特製醤油入りオレンジジュースを飲みほした。

「あたしたち、感じ悪いよね。以前会議で説明されて納得したけど、いざやってみると、可哀そうになっちゃって……」

「私はそう思わないけど？　これって一種のテストと同じよね？」

「どういうこと、可知さん？」

白草はコーヒーを一飲みした。

「だって、群青チャンネルを見ていれば、私たちがそもそも後輩に圧力をかけるタイプじゃなく、しかも何かドッキリ的なことを仕掛けてくる集団だってこと、わかるじゃない？」

「ああ、そっか……この『圧迫面接』をドッキリって捉える考え方もあるかぁ……」

「その真意を見抜けるかどうかのテストよ、これは。私たちを恨むのは、期末試験や実力テストで先生を恨むくらいの筋違い、と私は考えているわ」

「白草(しろくさ)さんの意見は極論かもしれませんが、おおむねは間違ってないかと。そして不快にさせること自体が審査に役立ちます」

黒羽(くろは)の醤油(しょうゆ)入りオレンジジュースに顔をしかめていた真理愛(まりあ)が、顔を引き締めつぶやいた。

「きっと『圧迫面接の真意を見抜けなかった人』は群青同盟(ぐんじょうどうめい)への不満を『ネットに書き込む』でしょう。ここが最大の判断基準です。モモが懇意にしている調査会社がありますので、誰がその意見を書き込んだか調査し、不満を書き込んだ人間は問答無用で落選とさせてもらいます」

「けどさ、俺たちの評判、かなり悪くならねぇか？　書き込み自体は消されないんだろ？」

末晴(すえはる)が尋ねると、哲彦(てつひこ)が口を挟んだ。

「後でちゃんとネタばらしするから気にすんな。『たくさん入部希望者が来たから、試験で圧迫面接を取り入れてみた』ってよ。散々それ系のドッキリネタをやっている群青(ぐんじょう)チャンネルなら、炎上するほどにはならねぇよ。それどころか不満を書き込んだやつって、真意を見抜けなかったマヌケに見えるだろうから、自分から消すことだってあるかもな」

真理愛(まりあ)が補足する。

「末晴お兄ちゃん、以前学園祭の動画が公開された際、ワイドショーで取り上げられたことありましたよね？」

「ああ、あったな……黒歴史すぎて記憶から抹消していたが……」

末晴が眉間をつまむと、黒羽と白草もまた苦い顔をした。

「万が一の際はそのときに情報を押さえた会社とも協力して沈静化する予定ですので、皆さんご安心を」

「なるほど。ワイドショーになるほどのネタよりは、俺たちの圧迫面接は話題性として低いだろうから、それなら大丈夫か」

真理愛は自信に満ちた口調で語る。

「待合室に置かれた監視カメラ、面接会場での圧迫、そしてその後のＳＮＳを中心とした発言の調査――これで大まかですが、その人の本質は見えてくるはずです。少なくとも秘密を守れないような問題ある人は、ここまででふるい落とすことができる予定です。これがモモが考えた『三段構えの試練』です」

末晴は強く頷いた。

「さっすがモモ、やるときは徹底的だな」

「お褒めにあずかり光栄です、末晴お兄ちゃん」

ヒラヒラのワンピース姿の真理愛が、座ったまま軽くスカートを持ち上げて頭を下げる。

たったそれだけで絵になるのは、さすが女優と言えるところだった。

「次の人、入れていいっスか～？」

ドアを少しだけ開け、玲菜が顔を出す。

「ああ、頼む」

「オッケーっス」

哲彦の合図で玲菜がドアを閉めて廊下に戻る。

「ハル」

黒羽は袖を引っ張った。

末晴がわかってるとばかりに頷き返すと、黒羽の奥にいた白草もまた頷いた。

先ほどとは別種の緊張感が面接室に漂う。

圧迫面接において、緊張するのは面接を受ける側だけではない。時と場合によって、する側もまた緊張する場面がある。

それはまさに次に入ってくる生徒のような場合に対してだった。


「一―Fの志田碧です！　よろしくお願いします！」

さわやかなショートカットに、快活さを感じさせる瞳。身長は平均より随分高い。胸やお尻の肉付きはいいが、女性らしさよりチーターのようなしなやかさのほうが印象深い。

思わず笑みを浮かべかけた白草の足をさりげなく黒羽が蹴る。

そう、いくら仲のいい知り合いと言えど、ここでそれを見せてはただの優遇だ。

圧迫面接をやると決めた以上、全員平等に圧迫しなければならない。


——圧力を感じさせるだけの演技力を見せられるのかどうか。


面接する五人には、それが問われていた。

冷めた表情で哲彦が告げる。

「座ってくれ」

「失礼します！」

碧が中央に置かれた椅子に腰を下ろす。

はっきりとした大きな声に、きびきびとした動き。体育会系で鍛えられたことが誰も聞かずとも知れた。

「碧ちゃんさぁ～、まず言っとくけど、特別扱いしねーから」

「っ！」

感じの悪さを出すなら一流の哲彦だ。

いきなりの先制パンチに、碧は一瞬怯みを見せた。

「この中で一番関係が浅いだろうオレでも、沖縄旅行で手伝ってもらってるし、朱音ちゃんがりっくんに告白されて揉めた件でも、協力してもらったって縁がある」

「……はい」

「でもさ――」

哲彦は足を机の上に投げ出した。

「それとこれとは違うんだわ。わかってる？」

傲慢芸能社長が田舎から出てきたアイドル志望の女の子を脅しているかのような仕草だ。

白草がやりすぎではないかとばかりに目を細める。

だが残り三人は違っていた。

「碧、哲彦くんの言ってることにあたしは賛成。ちゃんとした志望動機と、ちゃんとした行動や判断ができない人を、あたしは身内だからって通す気ないから」

「クロの言う通りだな。エンタメ部には、二百人以上も募集があったんだ。で、お前が身内だからって採用されるだろって甘い考えしてるなら、今すぐ帰れ。変なやつ採用したら、俺ら落としたやつらに説明できねーんだわ」

「碧ちゃんって、確か中学ではテニス部で、全国まで行ったんですよね？　なんでテニス部に行かないんですか？　もしかしてテニスは辛いし、エンタメ部は面白そうだから……くらいに考えてるんじゃないですか？」

末晴と真理愛は完全に演技モードに入っていた。

二人は子役出身でテレビ出演の経験のある役者。スイッチが入れば何者にでもなるプロである。

黒羽もまた姉として、身内びいきを出すほうが碧によくないと悟っていた。また哲彦に指摘されていた演技力の向上の影響もあって、微塵も隙を見せずにいる。

碧は毅然と背筋を正した。

「テニスは中学でやめることに決めていました。この学校に入学したのも、将来大学でスポーツ医学を勉強したいためです」

「つまり、テニスは中学で挫折したから、今度は勉強の片手間でエンタメ部、ということでいいですか？」

「いえ、そういうことじゃないです！」

「でもそう聞こえますよ？　モモや末晴お兄ちゃんが、学校に通いながらでもプロ並みの仕事をしているのは知っていますよね？　白草さんも、先日小説を発売しました。哲彦さんや黒羽さんは、優秀な成績を収めつつ、エンタメ部の活動に精を出しています。碧ちゃんみたいにすぐ諦める半端な人間が、エンタメ部で立派に活動できるとはモモは思えないんですけど？」

しんっ、と場が静まり返る。

真理愛の強烈な一撃に対してどう対処するか——末晴たちは碧の反応をじっと観察した。

「アタシは、桃坂先輩にうまく言い返せるような言葉が思いつきません」

絞り出すように、碧は言った。

「じゃあ無理って認めたってことでいいんですか？」

「いいえ。頑張るのでチャンスをください！」

「チャンスとは、入部させて欲しいってことですか？」

「はい！　私は半端な人間かもしれません！　でも、挫折したからこそ、知ったこともあります！」

「例えば？」

「自分が主役になるような人間じゃないってことです！」

真理愛が目を見開く。

他のメンバーもまた驚き、耳を傾けた。

「運動が得意で、テニスの上達も誰より上だったアタシは、プロになれると思ってました。でも、本当にプロになるような才能にコテンパンにされ、身の程を知りました。そしてショックで落ち込んでいたとき、たくさんの人に応援されてきたことを改めて知りました。その過程で、手助けしたいと思える後輩がいることに気がついたんです」

「へ～、じゃあ碧ちゃんは群青チャンネルに出なくていいって思ってるわけ？」

足を投げ出したまま哲彦が聞く。

碧は力強く頷いた。

「はい。スエハル……いえ、丸先輩は元子役の知名度があるだけでなく、今でもスターになるだけの演技力やダンス力を持っています。桃坂先輩もまた、今後テレビで活躍していく人でしょう。アタシはそんな人たちに並び立てるほどの魅力はありません。それどころか、小説家である可知先輩のような才覚はないですし、もちろん甲斐先輩のようなセンスは到底なく、姉にさえあらゆる面で及ばないと自覚しています」

「碧……」

目を潤ませ、黒羽はポツリと言葉をこぼした。

「アタシは裏方で問題ありません。もちろん出ろと言われれば出ますが、それは勉強してからだと自分では考えています」

「勉強って何を意味しているのかしら？」

白草が尋ねた。

「アタシが勉強したいスポーツ医学は、スポーツ選手が主役で、その人たちが輝くためのサポートをするものです。ここにいる皆さんは何かしらの技能や才覚を持ち、主役になれる人たちだと思っています。アタシはそれを裏から見てみたいんです。そしてどうすれば支えられるのか、自分は何ができて何ができないのか——それを勉強したいと思ってます」

「ミドリ……」

「碧ちゃん……」

今までの言動とは違う意外な発言に、普段の碧を知る末晴と白草は名をつぶやくことしかできない。

哲彦が真理愛に視線を送ると、真理愛は小さく頷いた。

「わかりました。面接は以上です。結果は十日後、連絡させてもらいます。今日はありがとうございました」

碧はやり切った顔で立ち上がると、大きく頭を下げた。

「ありがとうございました！　失礼します！」

そうして退室する。

ドアが閉まったとたん、黒羽が誰にともなくつぶやいた。

「成長したね、碧……」

「ええ」

白草がすかさず同調する。

他のメンバーも頷き合い、碧が去ったドアを見つめた。

「――じゃあ面接の通過者は以上でいいな？」

「異議なし」

「問題ないわ」

拍手がエンタメ部の部室内に響き渡る。

面接から十日後、厳正なる審査の結果、二百五名いた希望者は僅か十七名にまで絞られていた。

「さすがモモさん……なかなか徹底した審査だったね……」

「SNSの書き込みがあれだけわかるのね……。まあ桃坂さんの依頼している調査会社が凄いんでしょうけど……」

黒羽と白草は褒めるの半分、呆れるの半分って雰囲気だ。

「モモ、あの調査報告書ってどっかの企業を使ったのはわかるんだが、いくらかかったんだ？」

「今回は群青同盟の採用活動ともいえるものです。そのため群青チャンネルからの収益を使わせてもらいました。モモは自腹を払っていないので、大丈夫ですよ？」

「答えになってないんだが……聞かないほうがいいような金額ってことか……？」

真理愛はニコッとテレビでも人気の愛されスマイルを浮かべた。

その裏に隠された金額の多さに冷や汗が出たが、聞かないほうが幸せだと察知したのでそこで質問を打ち切ることにした。

「よく十七人まで絞ったよな～」

俺が椅子の背もたれにもたれかかると、黒羽が眉間に皺を寄せた。

「絞ったっていうよりも、勝手に絞れていっちゃったっていうか……。裏掲示板、怖すぎ……」

「俺たちがわざわざ圧迫面接したからってのもあるが、めちゃくちゃ悪口書かれてたもんな……」

がっかり、偉そう、ムカつく、最低などなど――俺たちの面接態度に対する罵詈雑言が調査報告書にあふれていた。

「私は小説の感想とかで言われ慣れてるから、こんなものだと思ってたけど？」

「あたしはちょっと人間不信になりそう……」

「モモも慣れてる側なので、気にはなりませんね。ただイラっとした意見の方の名前はちゃんとリストにしておきましたが」

「お前がある意味一番怖えよ⁉」

真理愛(まりあ)は頭がいいから敵意を向けてきた人間を忘れないし、一番ふわふわした外見なのにぶつかることをまったく恐れない。それゆえに芸能界の荒波を越えてこられたと言えるが……まあ味方である限りは頼もしいからいいか。

「オレの中での一番評価が高かったのは碧(みどり)ちゃんなんだが、お前らはどうだ？」

ホワイトボードには合格者十七人の入部届が並べて貼られている。

俺は哲彦(てつひこ)につられて合格者の一覧を眺めた。

「お前が褒めるって、珍しいな」

「あの子の容姿なら十分出演者側に行けるし、人気も結構出ると思うんだが、あんなに献身的なのはオレとしても意外でな。どちらもできるってのはありがたいし、さすがに評価を上げた」

白草(しろくさ)が軽く手を挙げた。

「私も碧(みどり)ちゃんが一番ね。そもそもこの審査自体が、私たちとうまくやっていけるか、少数精鋭となれるか、などといったところを目指しているなら、もうこの子は合格でいいんじゃないって思うわ。沖縄旅行に一緒に行って、うまくやっていけそうってわかってることだし」

真理愛(まりあ)や玲菜(れな)が頷(うなず)く。当然俺も頷(うなず)いて同調した。

「ありがたい意見だけど、平等に最後まで試験をやらせてから判断しようよ」

反論したのは黒羽(くろは)だった。

「そうしないと、やっぱ姉であるあたしがいるから優遇されたとか言われて、あの子にとって良くないと思うの」

「ま、志田ちゃんの言う通りだな」

哲彦が賛成し、誰も反対を出さなかった。ということは、碧はすでに合格レベルだが、試験は最後までやらせることに決定ってことだろう。

「他に気になるやつはいたか？」

俺は再びホワイトボードを見上げた。

「みんな、陸はどう思った？」

間島陸。リーゼントがトレードマークのガタイのいいやつで、以前朱音に告白して盛大にフラれたことによる事件で知り合った後輩だ。

俺はその一件以来気が合い、高校進学のための相談に乗ったりしていただけに、元々好感度は高い。今回の審査に合格させてやりたいとも思っている。

だがオレ一人の意見でゴリ押しするのはどう考えてもよくない。だからみんなの意見を聞いてみたいと思ったわけだった。

「モモとしては悪くない評価ですよ」

「へぇ、どの辺が？」

「あの不良さん、見た目は怖いですけど、待合室でモモたちへの噂話を止めてたじゃないですか」

「ああ、そうだな」

待合室は、初めて真理愛と面と向かって会えるだけあって、男子生徒はそのことに舞い上がっているやつが多かった。

でも真理愛と会えることを喜ぶだけじゃなく、結構下世話なやつもいて、誰々と付き合ってた噂があるんだけど――みたいな話が出ていた。

それを聞いていた陸は、

『お前らさ、先輩に対して失礼なこと言ってんじゃねーよ』

と言って止めたのである。

「モモとしてはボディガードとして調教のしがいがあるな、と」

「モモ、さらりと調教とか言わないでくれる？　お前が言うと冗談に聞こえないんだが？」

真理愛は小首を傾げると、ニコッと微笑んだ。

「いやいやいや！　前から言ってるが、それでごまかせてねぇからな！」

白草が手元にある紙をめくった。

「……あ、この書き込み、彼のだったんだ」

「シロ、どれのこと言ってるんだ？」

「これ。『あれだけ感じ悪いの、わざとに決まってるじゃねーか。そんなことにも気づかねーのかよ』ってやつ」

哲彦が割って入った。

「得点の高い書き込みだが、あいつ、オレや末晴と話してるからな。オレらがそんなことするタイプじゃねーってこと、わかりやすい立場にいたのも考慮に入れろよ」

「えっ、お前だけは素だろ？　あそこまで偉そうにするなんて、俺じゃできねーって」

哲彦は座ったまま脇腹に軽くパンチをしてきた。

「末晴、何言ってんの？　オレって超優しいじゃん？　目が節穴だからって勘違いすんなよ？」

「お前が超優しい？　あっはっは！　冗談は顔だけにしておけよ？」

「それはこっちのセリフだが？」

にらみ合っていると、唯一撮影のために立っている玲菜が割って入ってきた。

「はいはい～っ！　喧嘩はストップっス～っ！」

くっ、怒りは収まらないが、まあしょうがない。可愛い後輩のために、荒波を立てるのはやめてやろう。

「ホント、テツ先輩とパイセンってガキっスよね。喧嘩のネタが小さいっていうか」

その瞬間、俺と哲彦は同時に目をぎらつかせた。

「あぁ？　玲菜、なんつった？」

「あいかわらずお前は生意気な後輩だな……」

「――末晴」

「――おう、哲彦」

俺たちは目で会話をすると、俺は玲菜の頬をつまんで伸ばし、哲彦は手を掴んで指の関節を極めた。

「何でさっきまで喧嘩してたのに、こんなに連携いいんっスか～」

白草が呆れてため息をついている。

話を変えるためだろう。黒羽が言った。

「まあ間島くんはいい線いってるってとこでみんな共通してると思うけど、面接ではちょっとやる気だけ全開！　って感じだったから。次の試験でうちのメンバーとうまく合うかを見ていくのが大事じゃないかな？」

「まあそうだよな……」

陸は俺たちの圧迫面接に対し――

『いえ、大丈夫です！　やる気はあるんで何とかします！』

『根性で乗り越えます！』

『やる気だけは誰にも負けないっす！』

というような根性論を連発した。

変にひねくれるよりはずっといいが、逆に大丈夫だろうか……と不安になったのも事実だった。

「十七人、か……」

白草がホワイトボードの合格者たちを見てつぶやく。

「シロ、何か気になることでも？」

「最初は二百人以上いたんだからかなり絞ったんだけど、学校側からの希望は十人以内よね？」

「ああ」

「残ったメンバーは待合室でも、面接でも、その後のＳＮＳでも、嫌な部分はなかったわ。それだけに甲乙つけがたいわね。これからどうやって選ぶのかしら、桃坂さん？」

「ふっふっふ、そこはぬかりありませんよ、白草さん」

真理愛は目線で玲菜に合図を送ると、玲菜は素早く手元に置かれた紙を全員に配付した。

「モモ、これは――」

「見ての通り……」

グッと真理愛は拳に力を込めた。

「今度の土日、一泊二日の最終選別合宿です！」

第二章　合宿に秘められた罠

＊

土曜、午前七時——

桜は完全に散ってしまったものの、天気は快晴。コートの必要はなくなり、身体も軽い。

最高の旅行日和といえる状況の中、エンタメ部員と入部を目指す十七名は真理愛の用意した合宿所へバスで向かうため、学校最寄りの駅前で集合していた。

集まった新入生の顔は、まだまだ緊張が見られる。同級生同士の会話はともかく、俺たち上級生を見ると、急にビシッと背筋を伸ばしたりする。

当然だ。あれだけの圧迫の面接をしたのだから恐れているのだろう。

メンバー表を片手に出席確認をしていた玲菜が、真理愛に何やらささやき、持っていた紙束を渡した。

「はい、全員揃ったようなので、一度集まってください」

真理愛の声がけに応じ、表情を硬くした新入生が集まってくる。

中には碧や陸もいる。みんな、次はどんな課題で来る、と身構えている感じだ。

「皆さん、今日はエンタメ部の最終入部審査合宿にお集まりいただきありがとうございます」

さすが真理愛。一声だけで緊張を張り詰めさせた。

新入生たちはより姿勢を正し、真理愛の一挙手一投足に注目する。

「遅刻者はゼロでした。なお、もし特別な事情なく遅刻をしていた場合、その時点で落選。今日は帰ってもらうつもりでした。なぜなら撮影などの場合、一人が遅れると、全員が遅れてしまいます。時間が守れない人は、他人を思いやることができないと見られてもしょうがないからです。部活で考えると厳しく思えるかもしれませんが、ビジネスでは当然です。今後もお気を付けください」

「マジかよ……」

ざわめきが起こる。

しかし真理愛が次を話そうとしているのを見て取り、誰ともなく口をつぐんだ。

「よく注意される前に黙ってくれました。周囲に気を配り、配慮する。これもまた、他人と協調していくうえで大切な力です。さすが二百人以上いた中から残った精鋭だと感心しています」

真理愛からの賞賛に対し、誰も安堵をしない。

さて、ここからが本番だと誰もが察知していたからだ。

真理愛は口を結んで次の言葉を待つ新入生たちを見回した。さすが次期部長といった威厳と風格に、新入生たちの緊張感はさらに増す。

　と、その瞬間――

　ニコッと、真理愛は持ち前の愛されアイドルスマイルを浮かべた。

「はい！　圧迫審査はここまで！　これからはゆる～く、合宿を楽しんで行きましょう！」

「「「はぁ⁉⁉」」」

　新入生たちは切り替えについていけず、ポカンと口を開けた。

　俺たち群青同盟のメンバーは事前の打ち合わせ通りなので、新入生たちの反応をニヤニヤと笑いながら眺めていた。

「ここに残ったのは、オレたちが用意した『三段構えの試練』を越えた十七人だ」

　哲彦がそう口にすると、白草が補足した。

「『三段構えの試練』っていうのは、『待合室で変な態度を取らないか』『圧迫面接をされてもやる気を見せられるか』『面接が終わった後、私たちの真意を理解し、ＳＮＳで悪口等をしないか』よ」

「面接で圧迫したのはごめんね。あの場での態度はわざと嫌な感じにしていたの」

　黒羽に謝られ、新入生たちは呆然としつつも合点がいったらしい。顔から険しさが取れていくのがわかった。

「圧迫面接がわざとだと見抜けるか、すぐにＳＮＳで愚痴を吐かないか、といった点は、あなたたちにとって不快だったかもしれなかったけれど、必要な審査だったと私は思っているわ。なぜなら一番落選した人数が多かったのは『ＳＮＳ関連』だったのだから」

白草がそう告げると、どこからともなく『あー』と声が上がった。だからあいつ落ちたのかー、といった声も聞こえてくる。

哲彦は、おそらく選別に残ったここにいる新入生ではなく、落ちた新入生に向けて告げた。

「オレたちはＷｅＴｕｂｅで活動している、一種のプロだぞ。『書き込みはほぼ筒抜けだったぞ』って、落ちたやつには伝えておけ」

「『三段構えの試練』の内容、真意については、合宿終了後、群青チャンネルで公開します。情報解禁がその時点であることだけ、認識しておいてください」

新入生の態度はまちまちだ。

やっぱり！　といった感じのやつもいるし、気がつかなかったけど変なことしなくてよかったーといった感じのやつもいる。

碧と陸は前者のようだ。俺たちの性格や、やり口を知っている人間としては、そんなことだと思ったよといったところのようだ。

これできっと、週明けにはこの話が新入生中に広まり、なぜ落ちたか不満を口にしていたやつらは落ち着くだろう。

というわけで、厳しい先輩演技はここで終わり。

「じゃあ皆さん、一泊二日の合宿、楽しんでいきましょう！」

可愛らしく真理愛が『おー』と手を掲げる。

まだ変化についてこられてない新入生たちは、バラバラのタイミングで数人が『おー』と弱弱しく返しただけだった。

こうして『穂積野高校エンタメ部ご一行様』と書かれたバスに乗り込んだ。

＊

バスは上級生組が後ろ二列を占領し、新入生組はそこから数列空けて、前に固められている。後方から上級生が新入生の会話や行動を見られる形だ。

ネタバレをしたと言っても、あれだけ脅した後なだけに、新入生の間で最初はまだ警戒心が漂っていた。しかし外の景色に緑が増えてくるころには、バス内も騒がしくなっていた。

俺は隣に座る真理愛に尋ねた。

「そういやこういうのって、顧問の先生が同席する必要があるんじゃないのか？」

「元々お飾りですし、旅行券を渡して懐柔しましたので問題ないですよ？」

「ナチュラルに金で黙らせないでくれる⁉　問題しかないんだが⁉」

まったく、真理愛や哲彦は自分の都合の良いように遠慮なく力を行使するところが恐ろしい。

「安心してください、末晴お兄ちゃん。何かあったとき、責任を取るっていう誓約書も書かせてありますので♡」

「真理愛が部長になって大丈夫なんだろうか……」

俺は頭を抱えた。

そんな俺の頭を真理愛はナデナデしてきた。

「末晴お兄ちゃんは考え過ぎですよ。哲彦さんよりは合法的な運営をするつもりなので」

「そうだな……まあ言われてみれば哲彦よりはマシか……」

凄い……比較対象に哲彦の名前を出しただけで、ずっと正常化するように感じる……。

真理愛は多少金や権力を使った強引さはあっても、哲彦のように常識外れのようなことは……たまにするが、哲彦よりマシって部分は間違いないだろう。

「それより桃坂さん？」

後ろの席から、ぬっと白草が顔を出してきた。

「この席順、どういうことかしら？」

「どうと言われましても……何かおかしかったですか？」

「最初からスーちゃんの隣があなたに決まっていたことについて言っているのだけれど？」

「そうそう」

白草の隣に座っている黒羽も立ち上がって非難してきた。

「さりげなくハルの頭を撫でてるの、見えてきたんだけど！」

「お二人とも」

背後からにらみ下ろしてくる黒羽と白草に対し、真理愛はゆっくりと告げた。

「モモは次期部長。この合宿の手配もほとんどモモがしています。席を決めることも、当然モモの権限です」

「ふーん、ハルの隣を狙って取ったこと、否定しないんだ……」

「でもだからこそ、公平に……」

「それにモモは皆さんと学年が違い、例えば修学旅行を末晴お兄ちゃんと一緒に行くことはできません。お優しい先輩方であれば、隣の席くらい譲ってくださると思っていたのですが……まさかまさか、その程度のことで怒ってしまいましたか……？」

「「くっ――」」

いつもの三人のいさかいということで、哲彦、玲菜はすでにスルーモードだ。俺もまた迂闊な発言をすれば土下座をする羽目になるため、心を大仏モードに切り替え、ただ時が過ぎるのを待っている。

しかし考えてみれば、今日はいつもと違う点が一つあった。

そう、入部希望の新入生たちの存在だ。

彼、彼女らにとって俺たちのやり取りは、どうやら刺激的なものに見えるようだった。

「すげぇ、群青(ぐんじょう)チャンネルでやってること、生でもやってるんだ……」

「演技じゃなかったんだ、あれ……」

「でもでも、動画よりキレがあるから、ヤバいとこ編集してたんだね。こっちのほうが全然迫力があるもん……」

「先輩たち、動画で見るより美人だよな……。丸(まる)先輩が羨ましい……」

「えっ、そうなのか？　俺、逆に怖くてさっきから胃がきゅっとしてるんだが」

「ああ、先輩たちにお仕置きされたい……」

居心地の悪さを感じたのだろう。

「…………」

「…………」

黒羽(くろは)と白草(しろくさ)は赤面し、座り直した。

計画通りだったのか、真理愛(まりあ)が小さくガッツポーズをする。

いやいや、そういうのはもうちょっとこっそりやったほうがいいぞ——と考えつつ、横を見た。雰囲気を変えるため、哲彦(てつひこ)に声をかけようと思ったためだ。すると哲彦(てつひこ)はやたら熱心に携帯を触っていた。

「おい、哲彦。アプリゲームでもやってんのか？」

「ん？　いや、ちょっとな」

「……ちょっと？　お前がそういう言い方するの、嫌な予感しかしないんだが」

「ま、サプライズの準備、とだけ言っておく」

「さらに嫌な予感が増したぞ」

「そうか。その予感、間違ってねぇと思うから、覚悟しとけ」

「……おい」

不穏な発言に俺は問い詰めたが、哲彦はそれ以上何も情報を吐かなかった。

＊

「へぇ～、いいじゃん！」

バスから降りて見えるのは、山、合宿所、運動場の三つだった。

俺はテンションが爆上がりとなり、バスの荷物入れから旅行バッグを受け取ってきた黒羽に話しかけた。

「クロ、小学校のときにこういうとこ来たよな！」

「家で調べてきたんだけど、元々ここ、少年自然の家だったみたいね」

「元々ってどういうことだ？　少年自然の家って潰れるものなのか？」

ホテルならともかく、少年自然の家って市や県が運営しているものだから、潰れることってないと思っていたんだが。

「少子化で少年自然の家が統廃合された結果、ここは民間に売られて、それでこうした合宿とかで運営してるみたい」

「結論的に、何か変わるのか？」

「さぁ？　お役所の運営じゃなくなったんだから、ルールが緩くなったり、サービスが良くなったりとかしてる可能性はあるんじゃないの？」

「なるほどなぁ」

俺がうなっていると、黒羽がそっと耳を寄せてきた。

「ねっ、ハル。夜、二人でちょっと抜け出しちゃおうか」

「えっ⁉」

少年自然の家、満天の星、こっそり抜け出した先には——ほんのり湯気をまとう黒羽。お風呂に入ってほてった身体に夜風は心地よくて、懐かしさと田舎の牧歌的雰囲気に、鼓動は自然と弾んでいって——

（ヤバいヤバい……）

ちょっとした一言で妄想の旅に出てしまっていた。

少年自然の家って、初めて行ったのは小五のときで、ちょうど周囲も恋愛に目覚め始めたころだったから、何だか特別な感情があるんだよな。初めて友達が集まって『お前、好きなやついるのか？』みたいな話をした原点というか……。

「どうしたの、ハル？」

「あ、いや、悪い。ちょっといろいろ思い出しちゃって」

黒羽（くろは）は背伸びをし、耳に吐息がかかる距離まで近づいてきた。

「……ダメ？」

あか――んっ！　今のはダメだって……っ！

これはもう快楽だ。ＡＳＭＲ的というか……小声なんだけど、至近距離だから耳の奥をくすぐられるような感じがして、全身に鳥肌が立った。

「あの、クロ……」

「ほらほら、うんって言っちゃいなよ……。それとも今みたいな声、また聴きたいの……？」

ぐっ、見破られている……っ！

顔が熱い。俺の顔はおそらく真っ赤になっているだろう。

俺の反応が期待通りだったらしい。

黒羽（くろは）は小悪魔の尻尾を出し、ニヤニヤ笑っている。

「クロ、俺は――」

そんな黒羽らしい仕草に魅了されつつ、俺が口を開けた瞬間のことだった。

「えいっ」

ぶうんっ、と宙を舞ったキャリーバッグ。

それが見事に黒羽のお尻に直撃した。

「いたっ！」

当たったのがお尻なのでダメージはほとんどなさそうだが、問題は明らかに会話の邪魔をしたことのほうだろう。

犯人はしれっとした顔をしている白草だ。

「あら、志田さん、ごめんなさい。進路の途中にいたからぶつけてしまったわ」

「どこが進路なの⁉　いくらでも周りが空いているんだけど⁉」

黒羽の指摘はごもっとも。駐車場で停車しているバスの近くで俺たちは立って話をしていたが、荷物を受け取っている人たちの邪魔にはなっていない。

「それに今、『えいっ』って言ったよね⁉　『えいっ』って⁉」

「幻聴ね」

「へー、ほー、開き直るんだ。最近の可知さんって、ちょっと前に戻ったっていうか、一時期よりぶつかってくること多くなったよね？」

「別にそんなつもりはないけれど、まあ私――」

白草はすぅっと俺を横目で見つめると、頰を赤らめた。

「もうスーちゃんに告白しちゃったし……。前と違って、あなたのアタックを邪魔する権利があるというか……対等だから遠慮しなくていいというか……」

黒羽は眉間に皺を寄せ、顔を曇らせた。

「あー、そっか……。可知さんって正当化できる理由があると、急に大胆になるタイプだった……」

「もっとスーちゃんに近づいていいんだと思うと、何だか急に元気が出ちゃって……」

白草はキャリーバッグから手を離し、俺との距離をかなり縮めてきた。ちょっと動けば肩が触れそうだ。

「ねっ、スーちゃん、お風呂の後、星を見に行きましょ？　こんなに自然が豊かなんだから、きっと綺麗に見えるわ」

「あ、ああ……」

耳元で囁いてきた黒羽とは正反対に、ど真ん中に直球ストレート。

吐息のゾクゾクした快感もすさまじかったが、いきなり心臓をわしづかみされたかのような大胆さも、俺を動揺させるのに十分なものだった。

「――お二人とも」

ぴしゃり、と叱る響きを持った声。

振り向くと、両手を腰に当てた真理愛が仁王立ちしていた。

「今回の目的を忘れていませんか？　あくまで今回の合宿は『エンタメ部の新入部員を選別するための最終試験』です。先輩として威厳がない行動は慎んでもらいたいのですが？」

「「うっ――」」

　正論すぎて俺たちはぐうの音も出ず、うめくしかなかった。

「モモがバスで末晴お兄ちゃんの隣の席を確保したのも、実はその辺りの懸念があったからでした」

「ちょっと桃坂さん？　それで正当化するのは聞き捨てならないのだけれど？」

「そうよ！　モモさんもハルにベタベタしてたじゃない？」

「……まったく、隣の芝は青く見えるものなのですね」

　やれやれとばかりに真理愛はため息をついた。

「確かにモモは末晴お兄ちゃんの頭を撫でました。しかし思い出してみてください。あれはちょっと具合が悪い質問をごまかすための行動。決して色気を出したものではありませんでした。それは見ていたお二人のほうが理解していると思いますが？」

「ぐっ――」

「確かに――」

「俺としては『ちょっと具合が悪い質問をごまかすための行動』のほうが気になるわけだが」

俺が突っ込むと、鬼の形相で黒羽と白草がにらんできた。

「ハルは黙ってて！」

「スーちゃんは黙ってて！」


「あ、はい、すいません……」

俺がすごすごと身を引くと、真理愛は冷徹に告げた。

「黒羽さん、白草さん。お二人の行動は、慣れたモモたちにはともかく、新入生にはちょーっと刺激が強すぎるものです。この合宿では圧迫面接とは違い、新入生を威圧するつもりはありませんが、それでも『恥ずかしくない先輩としての態度』は求められます。その点、ちゃんと自覚してもらえないでしょうか？」

周囲を見渡すと、目の合った新入生たちは慌てて目を逸らした。

冷静に考えてみれば当然だが、俺たちは新入生たちから随分と注目されていたようだ。

（き、気まずい……）

これはさっき真理愛が言ったように、先輩としての威厳があったものではない。

「クロ、シロ、この合宿中はちょっと抑え気味で……」

「そ、そうだね……」

「しょうがないわね……」

互いに合意を得たことでその場はお開きになり、俺は荷物をバスから取ってきて、合宿所の割り当てられた部屋に向かった。

＊

（まったく、お二人とも随分大胆になって……。油断も隙もあったものではないですね……）

わたしは合宿所へ向かっていく黒羽さんと白草さんの背中を見つつ、そんなことを考えていた。

（二人とも、末晴お兄ちゃんに告白済み……そのことが大胆な行動をさせる原動力になっていることはわかりますが——特に白草さん！　ちょっと告白前とのギャップがありすぎではないでしょうか……っ！）

無意識に手に力がこもる。

ふと背後から声をかけられた。

「あ、桃坂先輩！　これ、先輩の荷物っすよね！　おれが最後だったんで持ってきま——」

リーゼントが特徴の後輩がわたしのバッグを差し出してくる。

わたしは笑顔で言った。

「どうもありがとうございます」

「ひぃっ！」

なぜこのリーゼントさんは顔を恐怖にゆがめるのでしょうか？

まったく理解ができませんね……。

「どうしました？　幽霊でも見えましたか？」

「いえ！　何も！　では荷物を無事渡しましたので！　間島陸、合宿所に向かいます！」

なぜか陸軍式敬礼をして、リーゼントさんは走り去っていった。

わたしは大きく一つため息をついた。

（……きっと、わたしは笑顔を作ったつもりでしたが、作りきれず怖い顔になっていたのですね……）

わたしは今回の合宿の企画者として、バス内に戻って忘れ物がないか確認を始めた。

（現在、黒羽さんと白草さん……お二人にかなり後れを取ってしまっています。しかし焦って告白しても、もはや三番煎じ。お二人の告白を超える仕掛けやインパクトが必要です）

忘れ物がなかったことを運転手に告げる。

わたしが礼を言って離れると、バスは駐車場から去っていった。

（どんな告白をするか——その絵面はすでに描けています。しかし準備が難しい。今は何とかしのぐしかありません。少なくともこの合宿中は、次期部長権限を振りかざし、牽制し続けて

耐えましょう）

わたしはキャリーバッグの取っ手を摑んだ。

「ふふっ、調子に乗ることができるのも今のうちですよ——黒羽さん、白草さん。この合宿は、モモの素晴らしき告白へと繋げるための一手です。後にほえ面をかかせてあげましょう……」

ふふ、ふふふっ……と笑いながら、わたしは合宿所を目指して歩き始めた。

＊

「やっぱ懐かしい感じするなー」

左右に二段ベッドが二つあるだけの簡素な部屋。新入生は四人で一部屋だが、上級生ってことで、この部屋は俺と哲彦だけで使えることになっていた。

窓から見えるのは運動場だ。小学校のときに少年自然の家に来た際、キャンプファイヤーをやったが、さすがに今回はやらないから薪は見当たらない。

「末晴、お前どっち使うんだ？」

「んじゃ右で」

「オッケー」

遅れてやってきた哲彦が左のベッドに荷物を投げた。

「次の予定、なんだっけ？」

「ウォークラリーだ」

「ああ、そうだったな。……と、その前に俺たちは昼飯を受け取る役だったよな」

「まー、男手がオレたちだけだからしゃーねーが、やっぱ一人くらい腕力ある後輩欲しいな」

それに該当する後輩が、俺の脳裏にパッと浮かんだ。

「お前的に、陸の評価はどうなんだ？」

「りっくんねぇ……」

「すんげぇ親しげな呼び方するくせに、その表情は何なんだよ」

まあ哲彦は初対面のスーパーアイドル虹内・キルスティ・雛菊に対してでも『雛ちゃん』と声をかける強者だ。それだけに後輩を馴れ馴れしく呼ぶところまではいいとして、複雑な表情をしているところは意味が不明だった。

「いやまあ、評価はかなり高いほうだぜ？　今回の新入生の中で、碧ちゃんを最上位とすれば、その次のグループにはいるな」

「評価を一段下げてる理由は？」

「あいつ、朱音ちゃんに告白するくらいの暴走性を持ってるだろ？」

「……まあ」

「その辺のコントロールができそうかどうか、ってとこだな」

「ちゃんと俺たちの言うことを聞くかとか、同級生の男子や女子たちへどういう態度を取るかとか……そういうことが大丈夫なら採用してもいいってことか？」

「ま、それ言えば今回の新入生全員そうなんだけどよ。その辺を今日のイベントで見ていこうってところだ」

「……お前にしちゃまっとうだな」

イベントで話をしながら相手を知っていこうとする。

シンプルでまっとうで正常なやり方だ。

だが——俺の知る哲彦は、そういうやり方を取るタイプじゃない。

「……ん？　今日の？」

ふと哲彦のセリフを思い出し、引っかかった。

今日の予定は遊ぶ系ばかり。明日は少年自然の家の貸し会議室を借りて、撮影や演技のワークショップのはずだ。

「もしかしてお前、明日何か仕込んでるのか……？」

「さてね」

ポンッと俺の肩を叩き、哲彦は横を通り過ぎていく。

こいつ、絶対よからぬことを考えてやがる……と俺は思わざるを得なかった。

＊

ウォークラリーとは、山などの自然の中をグループで歩き、途中のチェックポイントでの課題を解きながら仲を深める、少年のころの行事として王道のものだ。

ただ、俺たちは学校行事で来ているわけではなく、班といったものもない。高校生なので特別道に迷うこともなければ、競争もしていない。だからチェックポイントに向けてみんなで歩いていく、くらいの緩いウォークラリーとなった。

一つ決めていることがあるとすれば、上級生同士が固まらないことだった。

例えば俺と哲彦が話していたとする。そうなると新入生はなかなか会話に入ってきづらいだろう。

上級生はバラバラで、それぞれ三～五人程度と会話をしながら歩き、時折会話するメンバーをチェンジする。そうすることによって、多くの新入生を知り、最終審査の参考とする――それが真理愛の考えたアイデアだった。

「先輩、俺たちの傍に誰も寄ってこないんすけど」

「それはお前が悪いんだよ！」

陸のやつ、バスでも誰とも話さず浮いていたからまさかと思っていたが……ここまで一人も友達ができなかったようだ。

後輩として気に入っているが、さすがに『入部最終審査』として見ると、これはかなりまずい。

すでに俺たち以外は上級生ごとにグループができ、木漏れ日の中、山道を歩いている。

一番近くにいるグループは白草を中心としたものだ。

「そうなんですよ！　白草さんって、めっちゃ美人で、しかも小説家じゃないですか！　ただクールなんで話しかけづらいかな……って思ってたんですけど、実は凄く優しくて！　アタシ、白草さんから国語と英語のアドバイスもらってなかったら、絶対穂積野高校受からなかったですよ！」

「もう、碧ちゃん、褒めすぎよ。私は先輩として当然のアドバイスしただけよ」

「いやいや、謙遜しなくていいですよー。マジ尊敬しているんで！」

「照れるわ……」

白草が頬を赤らめると、背の小さな新入生が手を挙げた。

「あ、あの、可知先輩！　質問いいですか！」

「何かしら？」

「可知先輩のその服、どこで買ったんですか！」

「あ、私も聞きたかったんです！　スポーティで、でも先輩の脚の長さが凄く強調されてて、綺麗です！」

トーク力で言えば、上級生組の中では白草に一番不安がある。

しかし碧と親しいのが良かったようだ。碧がズケズケと話しかけることでとっつきにくさが和らぎ、いい感じに盛り上がっている。

（そうか……ミドリの力を借りれば……）

別に陸とだけ話していることはできるが、それは互いにとってよくない。ここは助っ人が必要なところだ。

「おい、ミドリ！」

碧が頭にはてなマークをつけて振り返ったので、俺は手招きした。

「こっち来い！」

「わっ！　丸先輩からのご指名！」

「何だろ！」

「アタシとあいつは家族に近いからそんなんじゃないって」

周りの女の子が色めき立つが、碧の意見が正しい。

俺は白草に目線で謝った。碧は白草の周辺で話題の中心となってくれていたからだ。

白草は俺の横に陸しかいないことで、意図を悟ってくれたらしい。笑顔で『気にすることないよ』とばかりに首を小さく左右に振った。

碧は後頭部を掻きながら近づいてきた。

ショートカットで快活な風貌は、清潔感にあふれている。服装もスポーツタイツにホットパンツと、運動性重視で格好をつけているわけではない。なのにプロポーションの良さが自然とわかって、様になっていた。

そのため新入生の男子生徒もたびたびチラチラと見ている。だがこうしてたまに見せるガサツな仕草で台無しだ。

「ったく、何だよスエハル……じゃなくて、丸先輩」

「あー、お前から丸先輩って呼ばれると寒気がするから、スエハルでいいや。どうせお前がクロの妹ってみんな知ってるだろうし」

「寒気がするとか言うんじゃねーよ。お前やクロ姉ぇが圧迫面接までしてきたから、気ぃつかってやってんのに」

「……じゃあ俺が碧さんとか碧ちゃんって言ったら？」

「うわっ、気持ち悪っ！　全身に鳥肌が立ったじゃねーか！」

「お前、表面上だけでも、もう少し先輩を敬えよ！」

なんて失礼なやつだ……。

いや、だからこそ今は頼もしいと言えるか。

「ミドリ、陸がいるせいか、俺たちに誰も寄ってこねーんだよ」

「あれ、マジマさ、うちのクラスじゃ友達できてたじゃん。どうしてそんなことになってんだ？」

「おれのダチ、派手なのが嫌いなの多くてよ。みんなアニ研に行っちまったんだよ」

ジョージ先輩がいたところか……。もしかしたら今頃〝お兄ちゃんズギルド〟に入れられてる可能性があるな……。

「ほら、おれがクラスのやつから怖がられなくなったのって、丸先輩たちが顔を見に来てくれてからだろ？　で、うちのクラスでここまで残ってんのって、おれとお前だけ。だからちょっと苦戦してんだよなぁ」

「リーゼント切れよ」

「スエハルと同感」

「だからこれはおれのポリシーなんでそれはできないっす」

「んじゃ、このこと先にばらしておくか」

俺は他のグループにまで聞こえるようにわざと大声を上げた。

「こいつ、リーゼントしてるけど、これ、漫画の影響なんだぜーっ！」

草木のすれる音と各グループ内の会話だけが広がる場に、俺の声はよく通った。

「ちょ、丸先輩⁉」

「いいじゃん。隠すことねーって」

「まあそっすけど、いきなりは焦るっす」

ウォークラリー参加者は、ほとんど目が届く位置にいる。そのため俺の声は全員に聞こえたのだろう。立ち止まって振り向くやつもいた。

「元々オタク気質で、父親の不良漫画の影響を受けたんだよな？　なんて漫画だっけ？」

「ブッコミの陸っす！　同じ名前なんで感情移入度が半端なくって！」

「えっ！　僕も大好きなんだけど、あの漫画！」

お、哲彦のところにいた一人が釣れた。

「それなら関東リベンジャーズはどうなの？　最近の不良漫画って言ったらあれでしょ？」

今度は黒羽のところにいた女の子が来てくれた。

陸自体、顔は強面だが別に女性が苦手とかではないので、挙動は普通だ。

「関リベも面白いんだよなー。先に関リベ見てたら、間違いなく耳の上にタトゥー入れてたぜ」

「それやったらうちの高校入れないっしょ！」

「いやでも、関リベでもリーゼントキャラいるし、やっぱカッコいいと思わねぇか、この髪型」

「君には似合ってると思うけどさ、僕がやったら絶対変だって」

「あ～、まあ確かに～」

女子生徒が男子生徒の頭を見てうめく。

男子生徒は『ザ真面目』という感じの坊ちゃんカットで、どう見てもリーゼントは似合わない。だから俺も女子生徒に同感だった。

「女の子でも、ツインテールって可愛くっても、難易度高くない？　あれと同じような感じというか」

真面目そうな男子生徒の言葉に、俺はうんうんと頷いた。

俺がツインテールと聞いて思い出すのは蒼依だ。

蒼依にツインテールは凄く似合っている。しかし考えてみれば、あの髪型は長さの維持が大変だろうし、艶々で、しかも幼さを残した顔立ちや、仕草の可愛さもあったほうがよくって

……といったことを考えていくと、確かに難易度が高い。

「まあツインテールはミドリには無理だよな」

「はっ？　今、なんつった？　スエハル」

どうやら心外なセリフだったようだが、ここははっきりと真実を告げてやろう。

「ほら、お前がアオイちゃんみたいな格好とか髪型とかはさ、いろいろ無理があるっつーか、限界があるっつーか」

「そ、そうかもしれねーけど、最初から否定する必要ねーじゃん？」

「あー、ふーん、そう……」

俺は含み笑いを浮かべた。

するとい嫌な予感がしたのか、碧が後ずさった。

「何だよ、その反応」

「ここにいるやつらはみんな群青チャンネルの動画見てると思うけどさ、うちの罰ゲーム結構えぐいんだよなぁ……。俺なんて女装を余裕でやらされてるし、クロ、シロ、モモだってなかなかきわどい衣装を着せられてるの、知ってるよな……？」

碧はハッと顔を上げた。

「スエハル、てめぇ！　まさか！」

「ヒラヒラフリル満載のツインテール魔法少女の衣装、オレから哲彦にリクエストしておく。もし合格したなら――覚悟しておけよ」

「こ、このスケベ野郎！」

「俺がスケベねぇ……先輩にたてつくとはいい度胸だ。じゃあバニーガール衣装も追加だな」

「くっ……！　いや、でもそれ、アタシが勝負に勝ったらスエハルが着るんだよな？」

「ふっ」

俺は額に手を当て、ポージングをした。

「脅してるつもりか、ミドリ……。その程度の覚悟――とっくの昔に済ませてある！」

バニー衣装が怖い？

　はっ、俺は注目される中、哲彦にキスをしたり、ワイドショーのネタにされたりした男だぜ？　可愛い女の子……まあ、ミドリは弟枠ではあるが……抜群のプロポーションの女の子にバニーガールの衣装を着てもらうためなら、リスクなど度外視だ！

　陸が脱力顔でつぶやいた。

「先輩ぃ……カッコつけてるところ悪いっすけど、プライドが完全になくなってるだけじゃないっすか。聞いてるこっちが悲しくなるっす」

「うちに入るとこうなるんだ……みんな覚えておけよ……」

「うわー、嫌なこと知っちゃったなーって感じっすわー」

　陸のツッコミに、先ほど寄ってきた男子生徒と女子生徒が笑う。

　よかった。この雰囲気なら、もう陸は受け入れられたと言ってもいいだろう。

　碧が話題を変えてきた。

「あ、そうだ、スエハル。明日のワークショップってどんなことするんだ？」

　他の新入生も興味があるのか、目を輝かせている。

「ん？　ああ、細かいところは明日モモから説明されると思うが、出演班と撮影班に分かれて、実際群青チャンネルでやってることを体験してもらう予定なんだ」

「へー、面白そうじゃん」

「えっ、もしかして群青チャンネルに出演とかできるんすか！」

陸の声が大きくなる。

わかりやすいやつだ。テンションが上がったのだろう。

出演と聞いて、他の新入生が期待と不安、それぞれの反応を見せる。

俺は素早く否定した。

「あ、いや、群青チャンネルで公開はしねぇよ。顔を出すってのはリスクがあるからな。公開する動画に出るのは、群青同盟のメンバーになって、しかも了承したやつだけだ。実際、レナは声だけで、顔は出してないだろ？　あれ、準メンバーってせいじゃなくて、単純にレナが顔を出したくないって言ってるせいなんだよ。で、俺らはそれを尊重してるわけ」

「あー、そっか。そりゃそうっすねー」

「一瞬、群青チャンネルに出演しちゃうのかなって思って、びっくりしちゃいましたーっ！」

「だよね！」

新入生がなかなかいい反応をしてくれるので、俺も饒舌になっていった。

「撮影班は何やるか知らないが、俺は出演班の副リーダーだからな。モモと一緒に、演劇をベースにした演技のトレーニングメニューを作っておいた。楽しみにしてろよ～、しっかり鍛えてやるからな～」

「すげぇ！　丸先輩と桃坂先輩に演技見てもらえるんすか⁉」

「何だか私がドラマに出るみたいに感じちゃいそう！」

「くっ……調子に乗ってるスエハルをディスりたいのに、こいつ演技だけはマジでやべーからな……ディスれない……」

悔しそうにしている碧（みどり）の肩に、俺はポンと手を置いた。

「お手本見せてやるから、せいぜい頑張ってくれたまえよ、ミドリくん？」

「くそっ！　気持ちわりぃ言い方するんじゃねぇよ！」

「いやでも、丸（まる）先輩の演技を間近で見られるの、普通に感動もんっすわ」

しみじみとつぶやく陸（りく）に、他の新入生も頷（うなず）いた。

「確かに……。テレビで見てた先輩の演技を間近で見れるのって、不思議ですね……」

「私、先輩のＣＭ勝負での演技、凄（すご）く好きなんですよ……っ！　明日めっちゃ楽しみです！」

こんな感じで俺たち上級生と新入生の会話は、どこも盛り上がった。話すメンバーを入れ替えつつ、ウォークラリーが終わるころには、いつの間にかいろいろな新入生の性格がわかっていったのだった。

＊

夜はみんなでカレー作りだ。これもまた合宿の王道と言っていいものだろう。

俺たち群青（ぐんじょう）同盟上級生組は、野外炊事場に集合した際、碧（みどり）だけ特別に呼び出した。

「ミドリ、お前に特務命令がある」

「……何だよ、スエハル」

「クロを——押さえておいてくれ」

ハッと碧が目を見開く。

すかさず黒羽が逃げようとするが、白草と真理愛が左右から挟み込んだ。

「了解したぜ、スエハル」

「悪いな、ミドリ。お前がちゃんと料理を作れることは知ってる。俺たち上級生組は、新入生たちを見て回る仕事があるんでな——お前にクロを託したい」

「わかった」

碧は白草と真理愛に囲まれて身動きできずにいる隙をつき、黒羽を背後から羽交い締めにした。

「コラッ！　碧！　放しなさい！」

「あとは任せてください、皆さん……。アタシが絶対に、姉を料理にかかわらせないようにしますから……」

「頼むわ、碧ちゃん」

「本当に頼みますね。モモとしては、黒羽さんから出てくる材料名の強烈さにいつも心が病みそうになるので、口もふさいでもらえると助かるのですが」

「御意」

「ふがふがっ！」

碧は口をふさいだ。

――が、さすがにそこまでは許容するつもりはないらしく、黒羽は暴れて口の拘束を振りほどいた。

「何よーっ！　あたし、後輩に手料理をふるまおうと、福神漬けの準備をしてきたのにーっ！」

「!?」

何、だと……？　今、とても恐ろしい言葉が飛び出た気がするんだが……。

ふと横を見ると――なるほど、黒羽の足元に、何やら見覚えのないスーパーのビニール袋が存在している。明らかに今日の夕食の食材ではない袋だ。

額の汗をぬぐい、哲彦がつぶやいた。

「末晴、開けてみろ」

「……ああ」

俺は爆弾の起爆装置を探るような気持ちで黒羽の持ってきたビニール袋を開いた。

すると――

「うっ!?」

俺は全身から拒絶反応が出て、その場に突っ伏した。

視覚、嗅覚、触覚、あらゆる方向からのダメージに、全身が痙攣(けいれん)している。

「スーちゃん！」

「末晴(すえはる)お兄ちゃん！」

白草(しろくさ)と真理愛(まりあ)が駆け寄ってくる。

俺は息も絶え絶え告げた。

「気をつけろ……中に入ったものは……緑色だった……」

「そんな――」

「福神漬けは赤のはずじゃ――」

「――しかも」

俺は喉の奥から声を振り絞った。

「なぜかうねうねと動いていた……」

「キャーっ！」

真理愛(まりあ)が悲鳴を上げる。

白草(しろくさ)は顔を青白くして目を細めた。

「なんておぞましい……」

不服そうな黒羽(くろは)が、碧(みどり)に拘束されたまま口を尖(とが)らせた。

「失礼ね！　緑色なのは、みんなの健康を考えて、青汁を混ぜたから！　それと動いているのは、新鮮さを考えて——」

「ミドリ！　クロの口をふさげ！　死人が出るぞーっ！」

「ラジャーっ！」

碧が慌てて黒羽の口をふさぐ。

黒羽と比べ、碧のほうが随分体格が良く、腕力も強い。

よかった、俺や哲彦が同じことをやればセクハラになるし、白草や真理愛じゃ押さえきれないかもしれなかった。

「どう処分するのよ、あれ……」

謎の物体Xが入ったビニール袋を見て、顔をしかめる白草。

哲彦は珍しく申し訳なさそうに言った。

「悪いが玲菜、焼却炉に捨てに行ってくれないか？」

「……テツ先輩の頼みなら、仕方ないっスね」

「これ、持っていけ」

哲彦が投げたのはイヤホンだ。

「焼却炉に入れる際、音量は大きくしておけ。変な声が聞こえてトラウマになる可能性がある」

俺、真理愛(まりあ)、白草(しろくさ)はそれぞれ頷(うなず)き合った。

「大事な配慮だな」

「マンドラゴラレベルの危険性は考えるべきよね」

「同感です。黒羽(くろは)さんの料理は地球上の基準で考えないほうがいいですから」

「みんなひどいーっ！」

不満を口にした黒羽(くろは)に、全員で詰め寄った。

「「「どっちがだ！」」」

さすがに全員からの圧力に黒羽(くろは)はおとなしくなり（しかしずっと不満そうだった）、味は黒羽(くろは)以外満足できる代物に仕上がったのだった。

＊

夕食が終わり、夜になった。

スケジュールを見ると、これからは自由時間。ただ二十一時までにお風呂(ふろ)に入ることとなっている。

しかし——ここからが今日の本番と言えた。

俺は周囲に誰もいないことを確認し、外れにある貸し教室にやってきていた。

軽く二度ノックすると、中から哲彦の声が聞こえてきた。

「大・中・小を答えろ」

「カップか、サイズか」

「カップ」

「クロ・シロ・モモ」

「――よし、入れ」

スッとドアが開く。

中にはすでに男子の新入生が全員席について、何が起こるのかと待ち構えていた。

俺は黒板の前に立つ哲彦の横に移動した。

「末晴、志田ちゃんたちは？」

「みんなで風呂に向かったところを確認した。ただ――」

「何だ？」

「クロだけは男子が見当たらないことに、ほんの少し違和感を覚えていたようだ。俺からは適当にごまかしておいたが……」

「さすが志田ちゃんと言ったところか……。一気に決めるしかねぇな」

哲彦は教壇に手をつけ、前のめりになって叫んだ。

「選ばれし精鋭よ、よくぞ集まってくれた！　これより我らは『湯煙大作戦』を始める！」

「テツさん、それってつまり女風呂を覗きに行くってことっすか？」

陸の質問に、哲彦は殺意を込めて一蹴した。

「このクソバカ野郎が！　オレたちが求めるのは『美』だ！　名画に裸婦画が少なくないように、オレらは美の追求人――お前らにその崇高さが理解できるか？　わかるよなぁ？　わからねぇやつはここにいねぇよなぁ？　そうだろう？」

「「「「おおおおおぉぉぉぉぉ！」」」」

さすが哲彦だ。新入生男子たちに火をつけやがった。

口端を吊り上げ、哲彦は合宿所の地図を磁石で黒板に貼った。

「この合宿所は温泉が湧くのが売りでな。屋内に一通りの施設は揃っているが、野外にある温泉にも入りたくなるというのが人情というもの……そこを逃さず仕留める」

ごくり、と唾を飲み込む音がする。

「志田先輩の裸、か……。あの幼い見た目で、あの凶悪な胸……ううっ、犯罪的と思うほど、胸が高鳴っていく……っ！」

「バカ野郎！　本命は可知先輩だ！　グラビアで見た可知先輩の……あの豊満ボディが……」

「一番ヤバいのは桃坂先輩だろ？　元々テレビの中の人なんだぞ……。俺、主演ドラマも見てたから……うおおぉぉぉっ！」

「ふんっ、お子様どもめ。胸のマエストロを自称する俺は、浅黄先輩を推す！　あれは国宝級だ……っ！」

「俺は同じ新入生の碧(みどり)さんだな……。運動してたっていうだけあって、いろいろなハリが……」

悶々(もんもん)としたオーラが立ち込める。

誰しもの目に、炎が宿っていった。

「甲斐(かい)先輩！　教えてください！」

「俺たちは何をすればいいですか！」

「——諸君、作戦を発表しよう」

にやり、と笑う哲彦(てつひこ)に、強く頷(うなず)く新入生たち。

その中で一人。

「いやー、テツ先輩の企画って、絶対毒まんじゅうなんで、やめたほうがいいと思うんすけど……」

とつぶやく陸(りく)がいたが、あまりにも魅力的な餌の前に、誰一人賛同する者はいなかった。

＊

カポン、と風呂桶(ふろおけ)が鳴り、星空輝く空へと吸い込まれていく。

わずかにとろみを帯びた湯は肌のツヤを増すと書かれており、黒羽たちはその効能を堪能しつつ身体を洗っていた。

「すご〜い！　お湯で流すだけでも、ツヤツヤになる！」

黒羽が喜びの声を上げると、横で真理愛が鼻を鳴らした。

「合宿所選びの際、お風呂の質は最優先事項として考慮しましたので当然です！」

「ももちーって風呂好きだったんスね」

「まあ収録先の近くに温泉がある場合、寄るくらいですが——」

と、そこで真理愛は言葉を止めた。

視線の先には、玲菜の豊満な胸がある。泡でいろんな部分が隠れているが、ボリューム感と迫力ばかりは隠し切れない。

「さすが玲菜さん……服を着ていてもその破壊力は十分に発揮されていましたが、拘束具がないと、これほどとは……」

「こ、拘束具って……。そんなたいしたもんじゃないっスよ、ももちー。こんなの、男子から変な目で見られる分だけ損っス。お母さんみたいな美人に生まれれば、もうちょっと何かになったかもしれないっスけどね」

「玲菜さんのお母さんって、何をやってたんですか？」

真理愛の問いに、玲菜は頬を軽く掻いた。

「ほんのちょっとだけっスけど……アイドルを」

「ああ、なるほど。浅黄さん、可愛いものね」

黒羽の隣で髪を洗っている白草が同調した。

「えー、どんな芸名なんですか？」

「それはその……秘密ってことで」

「教えてくださいよ～」

「ももちー、くすぐるのは反則っス～」

きゃっきゃと戯れる真理愛と玲菜の横で、黒羽がポツリとつぶやく。

「もしかして、クリスマスのときのあれって――」

言葉を封じるように玲菜は言った。

「それより志田先輩、肩こらないっスか？　あっし、結構こるんスけど、そのプロポーションからして、もしかしたら志田先輩もかな～と思って」

黒羽は肩甲骨に手を当てた。

「うん、実はバドミントンをやめてから、血行が悪くなっちゃったのかな～。前よりこりやすくなっちゃって～」

くわっと真理愛の目が大きく広がる。

黒羽は何気なく胸の下の隙間にスポンジを滑らせるが、そもそも真理愛には胸の下に隙間がない――その現実の無残さに、真理愛はうなだれた。

「あっしの場合、撮影が長い日、結構ダメージが来ることがあってヤバいんスよ……」

「新入生でサポートできる子が入るといいんだけど……。可知さんは身体で調子悪いところあったりする？」

話を振られ、白草はコンディショナーをシャワーで流すと、黒羽と玲菜を横目で見た。

「あなたたちは身長と胸のバランスが悪いから、肩こりになりやすそうだけれど、私は別に。ただ職業柄、腰痛が悩みの種だわ」

「バランスが――」

「悪い――」

黒羽と玲菜が胸に手をやり、白草との身長差を目線で測る。

黒羽は身長が百五十センチに満たない割に胸は大きいほうだ。玲菜は平均並みの身長だが、胸の大きさは他者を圧倒する。そういう意味で、この四人の中でもっとも背が高く、それでいて胸も大きく脚も長い白草はバランスがいいと言えた。

「そういう意味では桃坂さんが一番負荷が少なそうだけど――」

白草の視線は真理愛の全身を眺め、

「……いえ、何でもないわ。ごめんなさい」

思わず目を逸らした。

そして真理愛がキレた。

「ちょ！　何ですか、今の！　何を謝ってるんですか！　白草さん！　そこのところ、ちょっと説明してもらえませんか！」

改めて真理愛を眺める白草。その瞳には哀愁が漂っている。

「……残酷すぎて言えないわ」

「ざ、残酷ですって⁉」

優しく黒羽が真理愛の肩に手をかけた。

「落ち着いて、モモさん。大丈夫、この世の中には様々な好みの人がいるから。……ハルは違うと思うけど」

「最後まで聞こえてますよ、黒羽さん！　言っておきますけどね、胸の大きさだけを誇るなんて価値観が一方的すぎます！　モモの背中からのラインを見てください！」

真理愛は立ち上がり、胸にそっとタオルを当て、振り向いた。

「この腰からお尻にかけてのライン！　どうです！　この美しさ！　モモは役者なので露骨にアピールをしていませんが、ひそかに自信があるんですよ！」

「……可知さん、同じポーズ、できる？」

「え？　……まあいいけど」

黒羽に促され、胸をタオルで隠し、白草が振り向く。きゅっとした背中のラインからほどよく肉付いたお尻、そしてしなやかな脚の美しさと長さが強調され、流麗なうねりを作っている。

「これに勝てる？　ちなみにあたしもこのスタイルにはちょっと勝てる自信ないけど……」

「ううっ、うううううっ……」

「ももちー、不毛な争いはやめようっス」

「すげー、白草さん、やっぱ綺麗だなー」

露天風呂に入ってきた新入生女生徒は、先ほどから四人の美しさを遠巻きに眺め、こっそり凄いよねーとささやきあっていた。

その中の一人——碧が、白草のプロポーションの美しさに感動し、間に割って入った。

「脚長いし、腰のくびれも凄くて、同じ女から見ても見惚れちゃうよなー。胸とケツだけでかいうちの姉とは大違い」

「み～ど～り～！」

「あいかわらず碧ちゃんはいい子ね。ここ来る？　怖い顔をしている人がいるから、今すぐどかすわ」

「どかないから！　碧は奥に行って！」

「わーってるって」

空いていた玲菜の隣に座り、碧は髪を洗い始めた。

「くっ、さすが黒羽さんの妹……身長以外はそっくりなところも多いですね……」

身を乗り出して真理愛が碧の全身を観察する。

慌てて碧は身体を隠した。

「なっ、何見てんだよ！」

「碧ちゃん？　モモは先輩……しかも次期部長ですよ？　ため口はどうかと思いますが？」

「ぐっ……たっ、確かにそうだけど、あんたには敬語を使えないね！　何度いいように使われそうになったことか……っ！」

「ふ〜ん、まあいいですよ。そういう頑固な子を調教するのも、楽しみではありますから」

「ももちー、使う単語は気をつけたほうがいいっス。調教って言葉に碧ちゃんドン引きしてるっスよ」

そんな感じでワイワイと話しながら皆が身体を洗っていると——


——バンッ！


と何かが激突した音がした。

露天風呂にいた全員がそちらに目を向けると、ある空を飛ぶ物体が、空中で『何か』にぶつかって墜落するところが見えた。

「……やはりドローンを使ってきましたか」

ぽつり、と真理愛がつぶやく。

「露天風呂……これだけの女性メンバー……加えて煽動を得意とする哲彦さんに、スケベな末晴お兄ちゃん……。何かを仕掛けてくると思ってましたが、案外王道でしたね……」

「桃坂さん……そこまで読み切ってすでに対策を……っ⁉」

驚く白草に対し、黒羽と玲菜はあくまで冷静だった。

「透明なアクリル板を玲菜さんに頼んで、竹壁の上に設置しました。ドローンが来るとわかっていれば、飛ばすルートはだいたい読めます。そしてその結果はあの通り――あれだけの衝撃ではもう使えないでしょう」

「でも、ハルや哲彦くんが絡んでて、あの程度で終わるはずないよねー」

「まだまだ仕掛けもたっぷり用意してあるんで、どの程度まであらがえるか、楽しみっスねー」

「こわっ！」

黒羽と玲菜がふふふっ、と笑うのを見て、碧は目を細めるのだった。

＊

露天風呂は山の斜面に作られている。

上から行くか下から行くかが問題だが、上から行く場合は岩盤があり、木も少なく、丸見えとなる。

そのため自然と下から木に紛れて登るルートとなったが、一番苦労の少ないドローンはあっさりと落とされた。

そうなると手段は人力で露天風呂の竹壁の隙間を探したり、上を乗り越えようとしたりするしかないが、まず竹壁にたどり着くまでに獣道を登らざるを得ない。

しかし――

「ちぃっ！　あぶねっ！　落とし穴か！」

「ぎゃあああぁ！　岩が落ちてきたぁぁぁ！」

「いってぇぇ！　しなった枝が鞭みたいにっっ！」

絶妙な地点に配置されたトラップに、次々と新入生たちは脱落していった。

鉄砲玉として、登山隊の隊長を任されている俺は、通話中の哲彦に向けて叫んだ。

「おいっ！　どうなってんだ！　罠だらけだぞ！」

「こっちの手を読んでるとはな……志田ちゃんのせいかな？　もし察知が真理愛ちゃんだとしたら、成長したな」

なお、哲彦は監視班を統括していて、合宿所に残っている。監視班は成功しても覗けないことから、おいしくない役割なので、自主的に残ると言い出した陸と哲彦の二人だけだ。

「成長したな、じゃねーよ！　これ以上人数が減ると、壁を越える土台となる人数が足りなくなるんだが！」

「ぐあああぁぁぁ！」

「大丈夫か、町田ぁぁぁ！」

「丸先輩……っ！　あとは頼みます……っ！」

次々と脱落していく仲間たちに俺は涙を拭って先を進んだ。

哲彦が測定した竹壁の高さを考えると、最低三人は土台として必要だが——もう俺の周囲にいる新入生が三人しかいない。もはや撤退するかどうかの決断を迫られていた。

「丸先輩、退きますか……？」

メガネのむっつり野郎——設楽がつぶやく。

俺は首を左右に振った。

「ここまで多くのやつらが犠牲となった……。それを無駄にしないためにも、俺たちは最後の一人になるまで進み続けるんだ……」

「丸先輩……っ！」

感動に包まれる俺と新入生三人。

この絆の深まりこそ、合宿をやった甲斐があるというものだった。

「あのー、末晴お兄ちゃん……感動的なところすみませんが、全部こちらから見えていますので……」

木々の隙間から聞こえてきた真理愛の声。

声のありかを探してみると、葉っぱに隠されたカメラとマイクがあった。

設楽が地面に拳を叩きつける。

「くそっ、どうしてこんなことに……っ！」

「ちょっと待て！」

俺は立ち止まって考えた。

「罠もそうだが、絶妙な位置に設置されたカメラにマイク……そうかっ！」

ここまで来ると答えは一つしかなかった。

「哲彦ぉぉぉぉ！　てめぇ、裏切りやがったなぁぁぁぁ！」

携帯の向こう側から、ケケケーッと笑い声が聞こえてきた。

「いや～、当初は本気で覗きの計画を立ててたんだが、実は志田ちゃんに察知されちまってさあ～。で、真理愛ちゃんから新入生の審査の参考にしたいから実行してくれって」

「ぐっ、だとしたらさっきまでのセリフは、俺たちを騙すための――」

「そう、先読みされてミスった！　みたいなことを言ったが、ちげーんだ。そもそも作戦から侵入ルートまで全部筒抜けなんだよなぁ。あ、ドローンを使うがミスをするってのも真理愛ちゃんのアイデアな」

「ぐおおおぉぉぉぉ！　男の純情をもてあそんでネタにしやがってぇぇぇ！」

あまりの悔しさに俺が頭を抱えてもだえ苦しんでいると、電話の先から陸の声が聞こえてきた。

「いやー、だから言ったじゃないっすか。テツ先輩の発案することって、毒まんじゅうとしか考えられないって」

「でもそこに桃源郷があるなら行くしかないだろ？」

「気持ちはわからないではないっすけど、実行するのは普通に最低っすね」

「間島くんの意見にあたしも賛成かな～」

俺はぶるりと身体を震わせた。

山中に仕込まれたマイクから聞こえてきたのは黒羽の声だ。

「ハル、覗きをしようだなんて……お仕置きが必要だよね……」

「なんてえちぃの、スーちゃん……。私以外の裸を見ようだなんて……」

「末晴お兄ちゃん？　お風呂の後、反省会がありますので逃げないでくださいね？」

「まあ、パイセンはこんなもんってわかってたっスけどね」

「おい、スエハル！　アタシを覗こうとするなんて……」

「ちょっと待て、ミドリ！　他の子はともかく、俺、そもそもお前は覗こうとしてないぞ！」

覗きたい気持ちに嘘はつけない……だが……碧はあくまで弟枠……。

欲望に対する罪は償おう。しかしあらぬ罪で裁かれるのはさすがに看過できない。

「…………スエハル、殺す」

ブツッとマイクから音が消えた。

今日一の殺意のこもったセリフに、俺は周囲の生き残り新入生に尋ねた。

「俺、まずかったか？」

「まずかったですよ？」

「自殺レベルですね」

「それは自覚しましょうよ、先輩」

俺は正直に話しただけのつもりだが、どうやら客観的に見るとそうではないらしい。

「とにかく無理ってわかったんで下りましょう」

「あの感じ、たぶん丸先輩にヘイト集まってるよなー。それが救いというか」

「丸先輩、あれだけ美人な先輩たちに好かれてるのに、どうしてこんな無謀なことを？」

俺は満月を見つめ、遠い眼をした。

「だって合宿で露天風呂を覗くなんて、ロマンじゃないか——」

「あ、この人、マジでダメな人だ」

「お前気づくの遅いな。それ、さっきの桃源郷発言が即座に出た瞬間に俺はわかったぞ」

「志田先輩たちが苦労するはずだよなぁ」

新入生にボコボコに言われつつ山を下りると、お風呂を出た黒羽たちが待ち構えていた。

当然、長時間正座させられ、散々お仕置きを受けたのは言うまでもない。

＊

窓からの日差しで目が覚めた。

正座をさせられ続け、しかも足裏を碧に踏まれまくり、悶絶を繰り返した長い夜は終わりを告げたのだ。

「今日の予定、なんだっけ……？」

予定表を見ると、ワークショップとあった。

「ああ、そうだった。後輩にいいところ見せるために、張り切らねぇとな！」

頬を叩き、気合いを入れる。

向かいのベッドを見ると、哲彦の姿はなかった。

昨日嵌められたから寝顔でも撮って脅しに使ってやろうと思っていたのに、あいかわらず隙がないな。

食堂でみんなと朝ご飯を食べ、あくびをしつつ予定通りワークショップをする広めの空き会議室へ移動。服装は全員動きやすい格好で、と指定をしてあったので、ジャージ姿などの生徒が多い。

しかしなぜかここまで来ても、哲彦の姿だけはどこにも見当たらなかった。

「モモ、哲彦は？」

今回の合宿のすべては真理愛が仕切っている。聞くなら真理愛が一番だ。

「もう少しで合流する予定です」

「……あいつ、どこか行ってるのか？」

「ええ、ちょっと出迎えに」

「……これからやるの、ただのワークショップをやるんじゃないのか？」

「ゲストがいるんですよ」

そうこう話している間に時間はやってきて、上級生新入生含めて、哲彦以外は空き会議室に集合となった。

「まずは全員で椅子や机を部屋の端にくっつけてください。演技の練習をするので、広めにスペースが欲しいんです」

真理愛の指示にみんなで動き出す。

ガガガッと机を引きずる新入生を黒羽が怒っているのを見て、中学校のころを思い出して懐かしい気持ちになっていると、真理愛が携帯を取って耳に当てた。

「……はい、はい。ちょうどいいタイミングです。連れてきてください」

相手は……会話の内容的に哲彦か？　ゲストが到着したってことだろうか？

机や椅子が端に寄せられ、ぽっかりとスペースの空いた空き会議室。

上級生はスクリーンの前で立ち、新入生は床に座って待つよう真理愛は言った。

「よう、連れてきたぜ」

友達を連れてきたときと同じテンションで哲彦は入り口を開け、一人の少女を招き入れた。

そうして現れたゲストを見て、真理愛以外の全員が息を呑んだ。

「せ～んぱいっ！　お久しぶりですっ！　またお会いできるの、ずっと楽しみにしてましたっ！」

金色の髪に青い瞳。日本人離れした手脚の長さと美しさは妖精にたとえられ、見る者を圧倒するほどの輝きは、現在日本ナンバーワンアイドルであることを証明している。

春らしいガーリー系のワンピースは、彼女の可憐さを一層引き立てていた。たぶん道を歩いているのを見かけたら、立ち止まって目で追ってしまうほどだろう。

俺は彼女が来るのが予想外過ぎて、ただ名を呼ぶことしかできなかった。

「ヒナちゃん……」

「はい！　虹内・キルスティ・雛菊！　せんぱいと遊びたくて、やってきちゃいました！」

以前見たときと変わらない、無邪気な笑顔。

あまりのビッグゲストの登場に、新入生たちは開いた口がふさがらずにいた。

第三章　ビッグゲストとワークショップ

＊

沈黙の後は、熱狂だった。

いきなりのトップアイドルの登場に、新入生たちは興奮のあまり立ち上がった。そしてヒナちゃんに駆け寄り、周囲を取り囲んだ。

「す、凄い、本物だ！」

「生だとテレビよりもっと可愛い〜っ！」

「いいの!?　トップアイドルがこんなところに来ちゃって!?」

「同じ人間に思えない……完全に妖精じゃん……」

「そういえば丸先輩と桃坂先輩が演劇勝負してたもんな！　繋がってたのか……っ！」

「群青同盟すげぇ！」

そのまま座ってる新入生は陸だけだ。まああいつ、アニメにマンガ、ゲームに忙しくてテレビを見ないって言ってたから、ヒナちゃんを知らないのだろう。誰だこいつ？　みたいな雰囲気を一人だけ出しているのはちょっと面白い。

これだけ統制がきかなくなっていると、普通なら元いた位置に戻らせるところだ。しかしヒナちゃんの登場じゃさすがに無理もない、と思って俺は怒る気になれなかった。

たぶんみんなもそう思ったのだろう。上級生組は肩をすくめつつ、様子を見守るだけだった。

ヒナちゃんは囲まれることに慣れているのか、それとも天然か、あいかわらず純真無垢な笑顔で『ありがとうございますーっ！』と元気に返している。

哲彦が昨日やけに携帯を気にしたり、今朝いなかったりした理由がようやくわかった。

当然だ。現役トップアイドルを連れてくるとなれば、そりゃ哲彦だって気を遣う。

俺は哲彦を肘で小突き、小声で尋ねた。

「おい、哲彦。よくヒナちゃんを連れてこれたな」

「オレ、時々ヒナちゃんと連絡とってたし」

「ホントその化け物みたいな社交性、どこから湧いてくるの？」

「ま、話題はお前か真理愛ちゃんのことばっかだがな」

「モモはともかく、俺？」

さらりと俺の質問を無視し、哲彦は続けた。

「今回ゲストで連れてこれたのも、真理愛ちゃんの力添えもあったおかげだしな。ま、基礎アイデアはオレだが」

「お前にしては珍しく謙遜するじゃないか」

「お前がどう考えてるか知らねぇが、オレは、事実は事実として受け止めるタイプだ。まあ、今回の一件が終わったとき、雛ちゃんもオレに一目置いてくれると思うけどな」

ほの暗い笑みに、何やら企みのにおいが漏れ出ていた。

「哲彦、今度はどんな悪だくみを考えてるんだ？」

「ありすぎてどれから言えばいいかわかんねぇな」

「悪だくみは否定しないのかよ！」

「はいはい、そろそろいいですかーっ！　驚く時間は十分にあげたので、そろそろ元の位置に戻りましょう！」

真理愛が手を叩いて新入生に命じる。

前なら哲彦や黒羽がやっていたようなことだ。さりげなく真理愛がやっていることに、世代交代が進んでいることを実感し、少し寂しさを感じた。

「――と、いうことで」

新入生が座り直し、場が落ち着いたところで真理愛はヒナちゃんに手を向けた。

「もう紹介する必要はないと思いますが、礼儀として改めて。彼女は虹内・キルスティ・雛菊さん。学年的には皆さんと同じ高校一年生ですが、現在は高校には行かず、芸能活動に専念しているんでしたっけ？」

「はい。最近は演技の仕事も増やしていますので、学校に行く余裕がないんです。まあ、勉強は大人になってからでもできますしっ！」

ヒナちゃんの可愛さに、男子を中心にほわんとした空気が漂う。

計算を感じる真理愛とは正反対の、ちょっとおバカっぽさを感じる天真爛漫さがいいんだよな、これが。

そんな男子たちの考えを察知したのか、真理愛は額に手を当てた。

「言っておきますが、雛菊さんの学力は、この場にいるメンバーの中でも上位ですよ」

「へっ……？」

きょとんとする一同。

俺は皆を代表する形で聞いた。

「うちってこれでも進学校なんだが……ヒナちゃんって、そんなに頭がいいのか？」

碧なんて懸命に半年勉強して、ギリギリ受かったってくらいだ。

小学校高学年くらいからアイドルとしてトップをひた走っていたヒナちゃんが、そんなに頭がいいイメージはないんだが……。

「確か実家は学校まで二時間かかる辺境ですが、ご両親は世界トップクラスの大学を卒業した学者でしたっけ？」

「そうらしいですね……興味ないのであまり聞いたことないんですよー」

「合計で五人いる兄と姉は全員飛び級で世界に飛び立ち、雛菊さんも十歳で瞬さんに勧誘されたとき、中三以上の学力があったと聞いていますが？」

「はぁ？」

思わず声が出た。

十歳で中三以上の学力って、どういうことだ？

「それもピンとこないんですよねー。実家の学校って、小学生から中学生まで全員入れて一クラスしかなかったので、勉強って自分のペースで勝手に進めてただけなんですよー」

真理愛は肩をすくめた。

「とまあ、こんな感じの天然天才児で、一種の怪物です。デレデレしてしまう男性陣の方々の気持ちはわからなくないのですが、ご注意ください」

真理愛がどうしてこんなにヒナちゃんのことを知っているんだろうと思っていたが、元々同じ事務所だもんな。アイドルと役者で接点はほとんどなかっただろうが、噂やエピソードみたいなものは簡単に耳に入る立場にあったはずだ。

「へ〜、真理愛先輩って、ヒナのこと、そういう風に評価してくださってたんですね〜。光栄です！」

「いえいえ〜、事実ですので〜。まあ、他のことはともかく、役者としてはモモのほうが格上だと思っていますが」

そういやそうだった。真理愛って、ヒナちゃんに対して小姑的というか、結構ライバル視していて、容赦ないんだった。

ヒナちゃんはそんな真理愛の言動に対し、むしろ嬉しそうに笑った。

「さすが真理愛先輩、そうこなくては。尊敬、させてくださいね？」

「ご安心を。一生尊敬させてあげますので」

「いやいや、お前ら怖いって」

真理愛もヒナちゃんも、人形が裸足で逃げ出すほど可愛らしい少女だ。

しかし内面には獰猛な獣を飼っている。だからこそ芸能界という激動の業界でトップクラスまで上り詰められたのだろうが……見ている側としては、もうちょっとおとなしくしていて欲しい。

「そんなぁ～、怖いなんて言わないでくださいよ～っ！」

ぴょん、と飛び跳ね、ヒナちゃんが俺の腕に抱き着いてきた。

ふにょん、という真理愛とは正反対なボリューム感のある一部を押し付けられ、俺の思考が停止する。

場がざわつくが、ヒナちゃんはまったく気にする素振りはない。

ヒナちゃんは背伸びをし、そっと俺の耳元で囁いた。

「ヒナは真理愛先輩より、せんぱいに期待しているんですよ？　今日も楽しみにしてますからね？　せ～んぱいっ！」

この子の『せ～んぱいっ！』は可愛らしさと甘さが凝縮されていて、脳みそを溶かしそうな響きを持っている。

さすがトップアイドル。容姿だけでなく、声の可愛さも尋常ではない。

だが俺は可愛らしさに呆けるよりも、その奥底にある貪欲な好奇心と向上心に、やはりこの子は怪物だと改めて感じていた。

「はいはい、雛菊さん。あんまり異性と距離が近いと、変な勘違いを誘発してしまうので、自制してくださいねー」

真理愛はネコを捕らえるように、ヒナちゃんの首根っこを摑んだ。

「えー、別にヒナだって誰にでも近づくわけじゃありませんよー。せんぱいはお気に入りだから――」

「皆さんの続きを話したいので、そこまでで。黒羽さん、白草さん……雛菊さんを押さえてもらっておいていいですか？」

「オッケー。ちょっと廊下に行こっか」

「ええ、少しこの子にはお説教が必要なようね」

黒羽と白草は頷き合い、それぞれがヒナちゃんの腕をがっちり固め、ズルズルと引きずっていく。

「えっ？　ヒナ、何か悪いことしちゃいました？」

「人によって受け取り方は違うと思うけど——」

「私たちにとっては大罪ね」

こうしてヒナちゃんは嵐のようにやってきて、すぐさま廊下へと連れていかれた。

「…………」

「…………」

あまりの暴風っぷりにある者は呆け、ある者は啞然とする中、真理愛がパチンッ！　と胸の前で手を叩いてみんなを正気に戻した。

「ということで、雛菊さんが今日一日、皆さんと一緒にワークショップを受けます。ただ、彼女はあくまで『入部審査をする側』ですので、お気をつけを」

「ってぇことは、あのアイドルと仲良くできるかどうかってのも、審査にかかわるってことっすか？」

一番ヒナちゃんに興味がなさそうな陸がぶっきらぼうに尋ねた。

「彼女の意見は入部審査に大きな影響がある、とだけ言っておきます。わざわざ皆さんに彼女の優秀さを伝えたのも『邪な感情を抱いたり、自己の利益を図ろうとしたりすれば、簡単に見破られますよ？』という、忠告の意味がこめられています」

「…………」

なるほど。俺たち群青同盟のメンバーは、あくまで上級生として審査する側だ。できれば別の側面から――一緒にワークショップを受けるゲストを呼び、新入生と同じ目線で意見を出してくれる立場の人間もいると、より多面的に判断することができる。

さすが真理愛だ。哲彦から与えられた『新入生をどのように採用するか』という課題に対し、全力で応えていると言えるだろう。

どれだけ可愛らしい外見をしていようと、真理愛の本質は強いプロ意識を持った女優だ。仕事をおろそかにするのは、プライドが許さない。

そのことを後れて新入生は悟ったようだった。

「皆さん……雛菊さんの登場で浮き足立ってしまったようですが、これからのワークショップ、ちゃんとやれますか？」

返答は即座に返ってきた。

「「「「はい‼」」」」

「――よろしい」

真理愛は腕を腰に回し、反転した。

「では、二つの班に分けます。出演班と撮影班で、出演班はモモをリーダーとし、副リーダーが末晴お兄ちゃんになります。撮影班のリーダーは玲菜さんで、哲彦さんが副リーダーとして支えます。黒羽さんと白草さんは伝達役や撮影係になります。理解しましたか？」

「「「「はい‼」」」」

「いい返事になりましたね。班選びのクジはここに用意してあります。一人ずつ引いていってください。時間が来たら班は入れ替わり、全員二つの班のワークショップを経験しますので、ご安心ください。それでは一列にお並びください」

合宿に入ってからずっと友好モードだったが、ヒナちゃんが審査役と聞いて、皆、これが入部の最終審査ということを思い出したようだ。

新入生がクジを引く間、俺は出演班の副リーダーということもあり、自分が担当するワークショップの準備を始めた。

＊

撮影班の練習は別室で行うことになっている。カメラなどの高級機材がいろいろあり、出演班と同じ部屋で練習して、万が一にでも壊されたらまずいと判断されたためだ。クジで撮影班になった新入生は哲彦(てつひこ)や玲菜(れな)と一緒に移動し、出演班だけが部屋に残された。

出演班のトレーニングメニューは、昨日のウォークラリーで碧(みどり)たちに話したように、演劇の基礎練習をベースにしている。というのも俺と真理愛(まりあ)が子役出身で演劇経験が長いから、いつの間にか群青(ぐんじょう)同盟での基礎メニューがそうなっているためだ。

じゃあ演劇がＷｅＴｕｂｅの動画映えに影響しているかというと、正直わからない。ただ影響がありそうなものはある。

　人が聞きやすい発声方法、立つ姿勢などなど。そういったものをピックアップしてプログラムをやっているわけだった。

「じゃあ、まずは柔軟からやりましょうか。前でモモと末晴お兄ちゃんがやりますので、それを真似てください」

　ジャージ姿の真理愛は軽く腕を回した。

　俺と真理愛が連携して柔軟体操するのを見て、セットを作った新入生たちが真似をする。和気あいあいとした雰囲気で、昨日の交流のおかげでだいぶ新入生の緊張がほぐれたのが見て取れた。

　柔軟体操が終わり、今度は筋トレとなった。

「じゃあ次は腕立て……十回×三セットで」

「ええーっ！　あたし、そんなにできませんけど！」

　女子生徒から悲鳴に似た声が上がった。

　俺はやや厳しめに言った。

「女子は膝をついてもいいから。男子は……とにかくやれるだけ頑張れ」

「言っておきますけど、これ女子用のプログラムで、普段モモと末晴お兄ちゃんと哲彦さんは三倍やってますので」

マジか、運動部みたいだ……と誰かがつぶやいたのが聞こえた。

「俺の子役時代の演技指導の先生がさ、演技の基本は筋トレだ！　が持論の人だったんだ。まあ子供に筋トレのやりすぎはよくないから、負担がかかるのは腹筋と背筋とスクワットくらいかな？　あとは体幹を鍛えるものが中心だったから、それもやっていくぞー」

「動画への出演に筋トレって、どんな意味があるんですか？」

「いくつもありますよ？」

真理愛がスラスラと語りだす。

「まずテレビでも動画でもですけど、映っているのは身体ですよね？」

「ええ」

「筋トレは『自分の身体がどう動いているのか、どう動かせるのか、どう神経が通っているか』といった、自分の身体を知り、動かす基礎となります。極端な例を出しますと、『物凄い猫背でゲームをやる動画』っていうのが売りのＷｅＴｕｂｅｒなら、それはそれでいいんですけど、群青チャンネルは違いますよね？」

皆が頷いていく。

群青チャンネルの強みは企画の面白さなどいろいろあるが、根本には俺や真理愛の知名度や、メンバーのビジュアルの良さがある。そのことを知らないやつはさすがにこの場にはいないようだった。

「姿をさらしているのだから、身体(からだ)を磨く。そのくらい単純に考えてもらえれば結構です」

「……確かに」

「簡単なメイクもワークショップに取り入れようかと考えたのですが、時間が足りなかったので見送りました。ご理解ください」

真理愛(まりあ)の説明は新入生たちに十分な説得力をもって伝わっているようだ。

俺は補足した。

「筋トレって言っても、例えば表情筋を鍛えるものもあってな。……モモ、これ先にやっていいか？」

「まあ緊張をほぐすためにもいいかもしれませんね。ではモモが声出ししますので」

「オッケー」

俺は新入生たちに告げた。

「言っとくが、笑うなよ？」

「へ？」

きょとんとした瞳が俺に集まる。

まあこの調子じゃ笑われるんだろうな……と思いつつ、俺は役者のスイッチを入れた。

「じゃあ行きますよ……上！」

上、ということで俺は表情をすべて上に寄せた。

目、鼻、唇から頬まで、顔のあらゆる部分をすべて上方向に向けるわけだ。唇を突き出し、目はほぼ白目、まるでタコのお面のような——まあ笑えるような顔になるわけだ。

「ふふっ」

予測通り笑われてしまった。

しかし真理愛が鋭くにらみつけた。

「ちゃんとした練習です。笑うなら出て行ってください」

「す、すいません！」

「続けます。下！」

今度は下に向けて全表情筋を寄せる。

「左！　……右！　……内！　……外！」

内とは中心部に表情筋を集め、外はその逆——鼻辺りを中心と考え、表情筋をすべて外側に持っていく。これがなかなか難しい。

何回か不規則な指示を繰り返し、表情筋の鍛練は終わった。

俺と真理愛が全力でやっていたおかげか、最終的に誰も笑わず、終わったときには新入生から拍手が送られた。

「これ、見てるほうは笑えるかもしれないが、結構疲れるんだぜ？」

「表情は筋肉で操っていますから、日常でも役に立つんですよ。同じ笑顔でも、大きく笑う人って魅力的じゃないですか。もし表情に自信がない人がいましたら、こうしたトレーニングを日常的に行い、鏡の前で『どう見られているか』という意識をしていったほうがいいです」

「まあ、こんな感じで演劇の基礎トレーニングの中で、俺らは役立ちそうなものをピックアップし、取り入れてるわけだ。というわけで、腕立てからいくが、いいか？」

「「「「はい‼」」」」

よかった、ちゃんと意図が伝わったようだ。

「…………五……六……」

さすがに腕立ても三セットまでになると、付いていけているのは元運動系っぽいやつだけだ。逆に普段から筋トレしている人間からすれば余裕なのか、涼しい顔をしているやつがいる。その代表例が陸と碧だ。

腕立ての後は腹筋、背筋、スクワットと続けてやっていき、休憩を入れた。

「ミドリ、お前はさすがに余裕だったな」

見慣れた短パン姿の碧は、汗を拭きながら笑う。

「ま、アタシ、ピーク時この五倍やってたし」

「さすがテニスガチ勢……」

「ただ、さすがになまってるわー。でも身体がようやくあったまってきて、力が湧いてきた」

「筋トレして力が湧いてくるのか……」

生き生きとしてきた碧とは正反対だ。

「表情筋のやつはやったことないから楽しみだな！」

「お前、脳筋すぎるだろ。男子がドン引きしてるぞ」

すでに疲れ果てた男子もいて、水分補給しながら絶望的な表情をしている。生き生きとしてきた碧とは正反対だ。

「ま、鍛え方が違うってことで」

「お前、案外出演側のほうが向いているのかもな……」

脳筋女子って、群青同盟にいなかったポジションだ。

ロリ姉的優等生の黒羽、クールな文化人の白草、女優で妹系の真理愛。俺はボケ兼鉄砲玉で、哲彦はくせ者イケメンツッコミポジションだ。

ここに脳筋女子が交じるとどうなるか……どんなケミストリーが生まれるか、ちょっと興味深い。

しかも碧は、黒羽の妹ってことで動画を見ている人から見れば親しみやすさもあるだろう。

「おっ、マジで⁉　面接で裏方希望って言ったけどさ、せっかくだし出演できるならそっちもチャレンジはしたいって気持ち、あるんだ」

そう言った後、碧は突然俺の肩に手を置き、耳元に口を寄せてきた。

「お前からそういう発言が出るってことはさ、アタシ、合格する確率結構ある？」

なるほど、これが聞きたかったのか。周囲に新入生がいる今の状況じゃ、さすがに声を潜ませないと聞けないことだ。

でもやっぱり碧はどこか抜けている。というか家族意識があるのだろう。新入生たちがいる中で近づきすぎた。

ヒソヒソ聞くだけなら、口元を手で隠して小さな声で囁くだけで十分だろう。だが碧は自然と肩に手をかけてくるし、いつの間にか大きくなった胸が俺の肘に当たっている。

「それは秘密事項だし、お前、近すぎ」

碧はわかってない。自分がどれだけ注目されているか。

群青同盟には黒羽、白草、真理愛がいるから目立ち度が低くなっているとはいえ、新入生男子参加者の中で、すでに碧を目で追っているやつが三人はいる。

「あ、わりっ！」

碧は照れて距離を取った。

……大変認めづらい事実だが、碧は黒羽の妹だけあってかなり可愛いのだ。俺の中で『こいつは弟ポジション！』という葛藤があるが、冷静に見ればモテるのも当然といえるレベルだろう。実際、クラスに顔を見に行ったときモテていたし。

だからこそ動画に出れば一定以上の人気が出るのは間違いないと思う……のだが……。

でも……ぐう……そこは長い付き合いだけあって『弟みたいな存在』というのは動かしづらい部分ではある……が、しかし……妙にプロポーションが良かったり、時折女の子らしい恥じらいを見せるときも増えてきたりしていて……。

ぐあああぁぁぁ、よし、やめよう！

こういうことを考えると堂々巡りになるから、次に行こう！

「おっ、陸。お前は元気そうだな」

休憩中の新入生の中でも、一番余裕があるんじゃないだろうか。汗一つかいていない。

俺が歩み寄ると、陸はぐっと親指を立てた。

「以前筋トレアニメが流行ったじゃないですか！　それからずっと筋トレ続けてるんで、余裕っす！」

「お前はあいかわらず見た目と言ってることのギャップがすげぇな⁉」

ガタイのいいリーゼント野郎からさりげなくアニメ発言が出てくると、さすがにびっくりするって。

「じゃあ休憩終わりにして、次の練習に行きますよ！」

こうして俺たち出演班は次々と練習をこなしていった。

「……カバ！」

真理愛の一声で、全員がカバをイメージしたポーズをとる。

「……パンダ！　…………ワニ！　…………ナマケモノ！」

だが皆、なかなか苦戦している。

　これは真理愛(まりあ)が口にした動物になりきるというトレーニングだが、全体的に恥ずかしさが見える。

「皆さん、照れを捨ててください！　群青(ぐんじょう)同盟はＣＭ勝負もしていますが、もし役者から恥ずかしさが見えたら、その時点でカットですよ！」

「はい！」

「今は返事がいらないところです！　まだモモは演技終了と言ってませんよ！」

「あっ……すいません！」

「末晴(すえはる)お兄ちゃんを見てください！」

「「「おおっ……」」」

　どよめきが起こった。

　真理愛(まりあ)の指摘で皆に理性が戻る中、俺は演技を続けていた。

「見てください、このナマケモノぶりを！　完全にやる気感じませんよね⁉　わかりますか、よだれまで垂れてますよ！　動物としてのナマケモノというだけでなく、三日間徹夜でゲームに没頭している人にも見えませんか！」

「確かに……これは……完全にナマケモノだ……」

「いやー、さすが丸(まる)先輩。おれ、ここまで理性、捨てれねぇっすわ……」

「これが恥を捨てるということです！」

うーん、褒められているのにこんなに嬉しくないのはなぜだろうか……。

「おもしろ。帰ったらアオイとアカネに話してやろっと。あ、携帯取ってくるので写真撮っていいですか？」

「てめっ、ミドリ！　それやったら許さねぇぞ！」

＊

一時間ほどの練習が終わり、出演班と撮影班が入れ替わりとなった。

入れ替わりと休憩を兼ねて十五分のインターバルが用意されている。

撮影班だったヒナちゃんが出演班の部屋へやってきたので、俺は声をかけた。

「どうだった、あっちの練習は？」

「楽しかったです！　スタッフさんの気持ちが以前よりわかった気がします！」

あいかわらずこの子はポジティブなことしか言わない。そしてそれが輝きになり、話しているだけでまぶしさを感じるほどだ。

「でも今日、よかったのか？　ヒナちゃんって忙しいだろ？」

アイドルだけじゃなく、ここ最近は役者の仕事まで入れている。俺自身、哲彦からの指令で勉強を頑張れと言われているので、ヒナちゃんが出演しているドラマを見れていない。しかし彼女の知名度からして端役ではないのは確実だし、そうなるととんでもない忙しさなのは容易に想像がつく。

「今日は休みなんですよ！　今年初めての休みです！」

「今月初めての休みなんて、さすがヒナちゃん、忙し……じゃなくて、『今年』⁉」

「はい！」

えっ、今、四月だよ？

もし十二月に休みがあったとしても、約四か月ぶりの休みってわけだ。

そんな貴重な休みに、家でゴロゴロせず、こんなところまでやってきている。

（あいかわらずヒナちゃんは化け物だな……）

ただ予定がうまくかみ合いすぎやしないだろうか。

本来なら哲彦に聞くところだが、哲彦は撮影班のほうだ。

だがもう一人、絡んでいそうな人間がここにいる。

「モモ！」

「何ですか？」

名簿を確認していた真理愛が寄ってきた。

「合宿の日付って、もしかしてヒナちゃんに合わせたのか？」

「そうですが」

肩透かしを受けるほど、真理愛はさらっと答えた。

「何でだ？」

「ここでは話しづらいような理由もありますが、前々から哲彦さんが一度、瞬さんに内緒で雛菊さんを群青同盟のイベントに招待したがっていたのです」

「前々って……？」

「演劇勝負が落ち着いたくらいだったので、十二月には話が出てましたよね？」

「ですねー」

「ええっ⁉」

哲彦の野郎、もうそんなときから動いていたのか……。まあヒナちゃんの地獄のスケジュールを考えれば、その時期からの交渉でもよく今日来られたというべきか……。

「当初はモモが哲彦さんと雛菊さんのつなぎ役をやり、三人で合宿参加の調整をしていましたが、最近は直接のやり取りが多そうですね？」

「哲彦のコミュ力の底が知れないわけだが！」

間に真理愛が入っていたとはいえ、芸能人でもない一高校生がトップアイドルとやり取りしてるってとんでもないことだぞ……。

「ひ、ヒナちゃん⁉　大丈夫か⁉　哲彦に口説かれたりしてないか⁉」

ヒナちゃんは純粋無垢だから、悪い男に騙されないか心配になってきた。完全にお兄ちゃんの気分だ。

　そんな俺の心配をよそに、ヒナちゃんはにこーっと笑った。

「ぜーんぜん口説かれてないですよ。最初はその辺を警戒して真理愛先輩に中に入ってもらってたんですが、予想に反してずっと真面目というか……あ、いえ、真面目は正しくないですね。とても不真面目すぎて面白い人ですね、哲彦さんは」

「不真面目すぎて面白い……？」

「とにかく恋愛関係はゼロですよー」

　ヒナちゃんは野生児的なところがあって、本能的直感力に優れていると思う。そのヒナちゃんがここまで断言するってことは大丈夫なんだろうが……『とても不真面目で面白い』というのは不思議な表現だ。

「ヒナちゃん、どうしてそんなに哲彦のこと、高評価なんだ？」

「……それはおいおいわかりますよ。ただ言っておきますけど、一番ヒナが評価しているのはせんぱいですからね？　わかってますか、せ～んぱいっ！」

　にこーっとヒマワリのような笑顔を俺に向けてくる。あいかわらず『せ～んぱいっ！』の響きが純粋なのに甘く、心をくすぐってくる。

　真理愛が作為的な小悪魔だとすれば、ヒナちゃんは天然小悪魔だ。妖精とも称される外見に惑わされていたら大変なことになるだろう。

「あっ、時間がきましたので始めますよ！　皆さん、地面に座ってください！　名前を読み上げるので、呼ばれたら返事をお願いします！」

こうして後半戦が始まった。

やることは前半と同じなので、ある程度慣れたものだ。

ただ――

（ヒナちゃん、さらにうまくなってる……？）

ヒナちゃんの絶対的な強みは、純粋無垢な可愛さによる存在感だ。演劇勝負のときも、純粋無垢な修道女を演じ、セリフの少なさも何のその。その圧倒的な存在感で見ている者を魅了した。

だが、軽く動物を模している練習を見てもわかる。

憑依できていない、いる。

例えば先ほど俺がやったナマケモノなんて、純粋無垢の可愛さがあったら不自然だ。

怖いものは怖く、気持ち悪いものは気持ち悪く。

様々なものを演じ、憑依させるのが役者という生き物だ。

その中でヒナちゃんは、美しさや純粋無垢さがある役に対し、誰にも負けないような輝きを持っていた。

だが今は違う。

その輝きを、コントロールできるようになったのか……？

もしそうなら役の幅は格段に広がる。同じ役でも場面によって輝きをコントロールすることでギャップも出せたりするだろう。役者として確実に一段階……いや、数段階は上になったと言っていい。

「雛菊さん、末恐ろしいですね……」

真理愛が俺にだけ聞こえるように囁いた。

「……ああ」

ヒナちゃんと演劇勝負をして、約五か月。

この天才児は、普通の役者が何年かけても身につくかどうかのことを、たったそれだけの期間で習得してきたというのか――

戦慄を覚えつつ、あっという間に一時間は過ぎ、撮影班が出演班の練習部屋にやってきた。

全員揃ったことを確認したところで、哲彦が告げた。

「午前はここまでで、昼飯の後、実際に動画を撮ってみる。一応、全員が一度は出演と撮影、どちらもできるようにするつもりだ。撮った動画は、もちろん群青チャンネルじゃ公開しねぇ。が、ここにいるメンバー内で共有するから、真面目にやれよ。あと、バラエティから演劇まで、都度お題を変えるから、他人のを見て安心するんじゃねぇぞ？」

哲彦は言い方が厳しいから、しゃべるとピリッとした緊張感が漂う。

「「「「はい‼」」」」

新入生から返ってきた声は、真剣なものだった。

一瞬、哲彦が真理愛を見た。

真理愛が頷くと、哲彦もまた頷いた。

「ただいきなりやれと言われても大変だろう。見本を見せる」

見本？　と俺が首を傾げたときのことだった。

「末晴！」

「……俺かよ⁉」

「元国民的子役らしいところを見せてやれ」

「めちゃくちゃハードル上げるなよ！　そういうの、マジで困るんだから！」

「で、だ」

俺の発言を無視し、哲彦は新入生一同を見回した。

「ただ見るだけじゃ楽しくねーよなぁ？　せっかくなら勝負形式にしたほうが面白れぇと思わねぇか？」

新入生は声に出さず頷くが、俺の中では嫌な予感でいっぱいだ。

哲彦がこういう流れを作り出すとき、だいたい大変なことになる。

「――雛ちゃん。末晴と勝負……するかい？」

青い瞳を持つ天然小悪魔は、やる気満々で立ち上がった。

「当然です。……そのために来たようなものですから」

「「「「おおおおおぉぉぉぉ！」」」」

新入生が一気に沸いた。

「すげーっ！　元国民的子役VSトップアイドル！」

「演劇勝負以来の——因縁のリベンジマッチだ！」

「静かに！」

哲彦が一喝すると、一瞬で新入生たちは静まり返った。

「この勝負は撮影班の手本でもあるから、動画には撮る。でも雛ちゃんが事務所に内緒で来ている以上、公開はしないし、共有もしない。当然、外部にもこの勝負については口外を禁じる。もしどこからか漏れた場合、オレが犯人を全力で見つけ出して相応の報いを与えるつもりだ。覚悟しておけ」

哲彦の脅しには、本気とわかるだけの殺意が込められている。

誰もが無言で頷くだけだった。

「勝負の台本はオレが手配した。……可知」

白草がため息をつき、足元に置いていたバッグから紙の束を取り出した。

「まだ叩きの段階だけど、いいのね？」

「お前も誰かに演じてもらったのを見てからのほうが、今後調整しやすいだろ？」

「まあそうだけど……」

「オレも誰がどの役をやるのがベストか、判断材料にしてぇんだよ」

新入生がまたざわついた。

「小説家の可知先輩の書き下ろし……!?」

「マジか……!?　俺、先輩の小説のファンなんだけど……っ！」

白草が流し目を送る。

クールな白草は後輩に畏怖を持たれているのだろう。それだけで新入生は黙った。

「甲斐くん、勝負と言ってもどうやってやるのかしら？　言われた通り、男女一人ずつ必要な台本にしてあるけれど、パートナーは？」

「決めてある。末晴のパートナーは……志田ちゃん！」

まさか自分が指名されると思ってなかったのだろう。

黒羽はその大きな瞳をパチクリさせた。

「あたし!?」

「前から演技の練習をするように言ってあったよな？　その成果、見せてもらうぜ」

「普通、そこはモモさんじゃ？」

「末晴と真理愛ちゃんがパートナーを組んだら二対一みたいなもんだろ？　今回はあくまで末

晴と雛ちゃんの勝負だから、パートナーの実力差はあまりないほうがいい」

「じゃあ、ヒナさんのパートナーは誰がやるの？」

哲彦は鼻で笑った。

「――オレだ」

第四章　タッグ対決

＊

いきなり降ってわいたような勝負に、食堂は大盛り上がりだった。

「どっちが勝つだろうな！」

「ヒナっきーじゃないか！　最近演技マジうまいし！」

「何言ってんだよ！　丸（まる）先輩のＣＭ勝負見たか⁉　あのギャップができるんだぜ！　丸（まる）先輩に決まってるだろ！」

「演劇勝負でも丸（まる）先輩勝ってるしなー」

「でもあのときは桃坂（ももさか）先輩とのタッグで勝ってるでしょ？　ヒナちゃん可愛（かわい）すぎだし、わかんないって！」

　盛り上がるのはいいが、さすがに彼らがいる場所では集中できない。

　俺と黒羽（くろは）は喧騒（けんそう）を避けるため、早めに昼ご飯を食べ終えて合宿所を出た。そして運動場が一望できるベンチに腰を下ろし、台本読みを始めていた。

「大変なことになっちゃったね……」

「ああ。しかもお手本とはいえ、クロと一緒に演劇やるなんてな……」

「幼稚園以来？」

「だなぁ。クロがお姫様役で、俺が木だったたっけ？」

「あはは！　そうそう！　ハル、木だったよね！」

「思い出してきた。セリフが迷子の姫様の道案内をするだけの役だ」

「あのときはあたしのほうがいい役もらってたんだね。今、考えるとびっくり」

「まあでも楽しみだな。久しぶりのタッグ、期待してるぜ」

「うん、任せて」

互いにグーを作ってぶつけ合う。この辺は幼なじみならではの呼吸というやつだ。

そりゃ黒羽は真理愛よりずっと演技経験は少ないが、プライベートの付き合いは黒羽のほうがずっと長い。初対面の相手と組むことなんて演劇やドラマなんかでは当たり前なだけに、かなりやりやすいほうと言えた。

「ハルはヒナさんに勝てる自信ある？」

「うーん、前の演劇勝負ではモモの助けがあったとはいえ勝ったし、負けるイメージは持ってない……けど……」

「けど？」

「さっきのワークショップを見ただけでも、確実にレベルは上がってる。昨日のウォークラリーで新入生にお手本見せてやるよって言った手前、負けらんねぇな！　とは思ってる」

「うん」

黒羽は小さく、でも力強く頷いた。

「しかし、哲彦が役者を買って出るとはな……」

「しかもヒナさんとのコンビを、でしょ？　直接連絡をし合ってるって言ってたけど、なんか作為的なものを感じるよね」

「クロは哲彦の考え、読めるか？」

「うーん、真の目的は無理かな」

「へっ？」

俺は思わずポカンとしてしまった。

「真の目的って？　真じゃない目的はわかるのか？」

「うんまあ、例えばこの勝負の目的はだいたいの推測がついてるかな」

「いや、ちょ!?　わかってるのかよ!?」

黒羽の勘の良さというか、時折見せる読みの深さには驚愕するときがある。

「じゃあ教えてくれよ。この勝負の目的って何なんだ？」

「たぶんそれ、言っちゃ意味がないパターンなの」

「はぁ？」

「あ、言っても意味はあるのかな。でも効果が薄れちゃいそうだから、やめておくね」

「さっぱりわからないんだが！」

何が見えているのだろうか。

黒羽は手元にあった石を拾い、芝生に投げた。

「あたしだって説明したいんだよ？　でもきっと、モモさんの積み上げたものを一部とはいえ崩しかねないし、長期的に考えれば、あたしにとっても、そしてハルにとってもきっと通過しなければならないことだと思うの。こういうの、なんて言うんだっけ？　通過儀礼だっけ？　受験みたいなものだよ。嫌だし、辛いけど、乗り越えなきゃいけない壁、みたいな」

「本当に見事にまったくクロの言ってることがわからないんだが……」

「……時間が少なくなってるんだね」

寂しげに、黒羽はつぶやいた。

「もうあたしたち、高校三年生だもんね……。まだまだ子供だし、これからいいことも大変なこともあるだろうけど、もうちょっとこのままでいたいな……。こういうこと、もしかしたら一生言い続けるのかな……？」

「クロ……」

「そのとき、横にいるのがハルだといいな」

そう言って、黒羽はほんのり頬を赤く染めて笑った。

自然で、それでいて心が温かくなるようなほど可憐で、写真に収めて定期的に見たいと感じるほど可愛らしい微笑みだった。

そして数秒後に気がついた。

このセリフ、遠回しのプロポーズみたいだったって。

「さっ、台本を読み込もっか！」

照れ隠しだろうか。突如黒羽が話を変える。

「……だな」

この心地よい空気を大事にしたくて、俺は頷いた。

『もうちょっとこのままでいたいな……』

台本に集中しようとしていた俺だが、耳の奥に黒羽の言葉が残っていた。

*

白草が書き下ろしたという台本のストーリーはこんな感じだ。

男は新婚半年で、妻には子供ができた。

仕事の芸能事務所プロデューサーも好調。

だが順風満帆に見えた男に転機が訪れる。

新しく担当することになったアイドル——その少女に、男は生まれて初めての恋心を覚える。惹かれあい、愛し合う二人だが、男には妻とお腹の中の子供がいた。

ここまではあらすじとして書かれていた。

今回の勝負は、この後のワンシーンだ。

男は妻を捨ててアイドルの少女を取ろうとする。しかしアイドルの少女は違っていた。不倫を知ったことで別れようとする——そんな場面だ。

「シロの説明だと、これって回想のワンシーンで、元々この物語は妻のお腹の中にいる子供の復讐物語らしいぞ」

黒羽は腕を組んで目をつぶった。

「あえて回想シーンを勝負の場面として持ってきた理由ってあるのかな？」

「俺にはわからないが、哲彦なら十分にあり得るな」

「うーん、あたしも読めないなぁ。あとこのシナリオ、哲彦くんと可知さん、どっち主導のアイデアなんだろ？　可知さんが書いたという割に、ちょっと柄じゃない感じがするんだけど……」

「たぶん原案は哲彦だろうな」

スラっと出てきた回答が、意外だったらしい。

黒羽は目をパチクリさせた。

「どうしてそう思うの？」

「シロって、根っこは私小説が得意なタイプだろ？　もちろん他のも書けるだろうけど、誰からもアイデアを出されずにこういうシナリオを書くとは思えないんだよなぁ」

「あ、あ～……」

黒羽も合点がいったようで、ベンチに座ったまま足をバタバタさせた。

「ハル、随分可知さんについて詳しくなっちゃって……」

「……いや、そんなことないって」

「すぐそういうのが浮かぶってのは、詳しくなったってことなの。だって可知さんは私小説だもんね。小説を使ってハルに告白したくらいだし」

「ぶっ！」

俺は飲みかけていたペットボトルの水を噴いた。

「えっ？　ちょ、待って？　シロが俺に告白したってことは哲彦が教室でぶちまけたけどさ……。なんで告白方法まで知ってるんだ？」

「その出来事の少し後くらいにね、可知さんから声かけてきて――」

黒羽は目を吊り上げ、クールな顔つきへと変貌させた。

「『私、小説を使ったトリックでスーちゃんに告白したわ！　詳細を聞きたいかしら！』って」

「似てる！　めっちゃシロに似てる！」

びっくりするわ！　再現度めっちゃ高っ！

いや、それだけじゃなく、もしかしたらベースとなる演技力が上がってる？

（まったくクロは器用だな……）

となると、これからの演技、期待できるかもしれない。

「可知さん吹っ切れて言いまくってたから、群青同盟のみんな全員知ってるし。何ならあたし、宣戦布告されたし」

「宣戦布告って……どうして油に火を注ぐんだよ……」

「どうしてだろうね～？　どうしてもハルのここが欲しいからじゃないのかな～？」

からかうような口ぶりで、黒羽は俺の心臓辺りを人差し指でぐるぐると円を描いた。

黒羽は背が小さいこともあって、手も小さい。指も小さい。二十センチ以上背が高い俺から見れば、子供の手のようだ。

でも柔らかく、しなやかで、とても綺麗な指で——そんな指が自分に触れ、服をなぞるとドキリとしてしまう。

「もーっ、ハル……この程度で赤くなっちゃうんだ……。かーわいいっ」

「男のこと可愛いとか言うなよ」

「心配になっちゃうなぁ。ハル、こんなに接触に弱いんだもん」

「お前だって赤くなってるし」

「そりゃあたしだって、好きな人に触れれば、照れくさいし……」

「そうやって言ってくれるけど……俺、自分がフラフラしてる自覚あるからさ。お前、可愛いしモテるから、愛想尽かすんじゃないかって不安あるんだぞ」

「ふーん、あたしのこと可愛いと思ってるんだ～、そうなんだ～」

黒羽がにょきっと小悪魔の尻尾を出す。鼻を高く掲げた含み笑いは、幼い風貌に反してどこか色気が漂っていて、これから弄ばれることを暗示しているようだ。

「悪いかよ？」

「悪くないよ？　幼なじみからドンドン恋人に近づいている感じあるし。だからさ……ね？ほらほら～、もっと可愛いって言って～。カモンカモン～」

ここまで挑発されたら俺も反撃せざるを得ない。

「調子に乗んな」

「きゃーっ！」

俺が黒羽の髪をぐしゃぐしゃにすると、黒羽は嬉しそうに身体をよじった。

「…………あのー」

「うわっ！」

「きゃっ！」

背後から声をかけられ、俺と黒羽は慌てて身体を離した。

声をかけてきたのは陸だ。

「お二人とも仲がいいのは腹が痛くて死にそうなくらいわかったんで、もうマジで勘弁っていうか、同級生だったらぶん殴ってると思うんですけど、そろそろ時間なんで戻ってきてもらっていいっすか？」

「お前いちいち物騒だな！」

俺が突っ込んでいると、黒羽は顔を冷やすためか、両頬に手を当てながらつぶやいた。

「なんかあたし、蒼依に似たこと言われたことある……」

「あ、そういや俺も言われたことあるな……」

「ちなみに窓から志田のやつがゲロ吐きそうな顔でさっきから見てるんで、後で自分たちで弁解しておいてくださいね」

ふと陸の親指の先を見ると、心底うんざりした顔で碧がじっとこちらを眺めていた。

「「ぎゃーっ！」」

家族同然の碧は、俺と黒羽、両方が一番見られたくない相手と言っていい。

あまりの気まずさと恥ずかしさに、頭がくらくらした。

「ち、ちなみにどこから見られてたんだ？」

「最初からと思ったほうがいいっすよ」

「「ぎゃーっ！」」

俺と黒羽(くろは)は二度目の絶叫をし、頭を抱えた。

＊

「じゃ、先攻か後攻をくじ引きで決めるぞ。○がついたほうが好きなほうを選べるってことで」

現在、合宿に参加している全員が、機材のある部屋——撮影班が練習していた部屋に集まっていた。

ここは最初から机や椅子のない空き部屋で、その分、出演班が使っていた空き会議室より広い。

撮影機材がすでに組んであり、しっかりと照明は設置されている。

出演班のいた部屋と違ってスクリーンがなく、真っ白な壁があるだけだ。その点が撮影班の部屋に選ばれた理由だろう。

午前中の撮影班練習で作ったのか、舞台代わりとなる数センチの高さの白いペンキで塗られた土台が用意されていた。他にもクイズなどで使う出演者席とか看板とかもあるが、これらは部屋の隅っこに集められている。

舞台と言えるものが土台だけ、背景も真っ白な壁と、演技力勝負であることを強調しているようだ。

「じゃ、末晴。お前がくじを引け」

哲彦がティッシュ箱で作った抽選箱を差し出してくる。

俺は手を入れ、一枚の紙を摑み、広げた。

……何も書いてない。

哲彦が次に紙を摑み取ると、○がついていた。

「雛ちゃん、後攻でいいよな？」

「ええ」

この反応、選択権が取れた際、どちらにするか決めていたのだろう。

ヒシヒシと皮膚に突き刺すような圧力を感じる。

用意周到な哲彦と、本能天才型のヒナちゃん。

二人の長所がかみ合い、より凄みが増しているのか。

だが俺たちだって負けるつもりはない。

俺と黒羽は幼なじみ。哲彦とヒナちゃんのように、ちょっとしたビジネス関係みたいなレベルの積み重ねではないのだ。

「勝負方法の確認をする」

哲彦は台本を持ちながら、舞台の幅を確認するようにゆっくりと歩いた。

「演技は一発のみ。台本の持ち込みはありだ」

ヒナちゃんは平然と言った。

「まあ、ヒナは使いませんが。演技の邪魔になるので」

「俺もだ」

勉強での記憶力はともかく、台本を一発で覚えられるのが俺の長所だ。

（だがやはりヒナちゃんもそれくらいのことをしてくるか……）

ちょっとした自慢の特技だったが、彼女の前では意味がないようだ。

それほどの才能であることは、前からわかっていた。

問題は今、どうなっているかだ。

「オレはガチ勢と違うから、台本を持ち込ませてもらうぜ。志田ちゃんは？」

「あたしも持ち込むよ。ワンシーンだけど、さすがにあれだけの短時間で覚えるのは無理」

哲彦と黒羽は自分のミスで演技全体が崩れるのを恐れたようだ。

これはあくまで俺とヒナちゃんの勝負なので、サポートに徹するっていう判断なのだろう。

「勝負は投票によって決める。投票者はこの場にいる演者以外全員だ」

「問題ないが、俺とヒナちゃんは別の役だ。みんなちゃんと判断できるか？」

哲彦は口端を吊り上げた。

「末晴、バカ言ってんじゃねぇよ。『ちゃんとした判断』なんてあるわけねぇだろうが」

「……は？」

そんなんじゃ公正な勝負にならないだろうが。

そう文句を言う前に、哲彦は追撃を加えてきた。

「お笑いで審査員が大賞に選んだコンビが、一番人気が出るのか？　一番いい賞を得た映画が一番面白くて売れるのか？　『ちゃんとした判断』なんて、テレビの中にだってねーよ」

「まあ、それを言われるとな……」

哲彦の言っていることはわかる。

人の知識や好みは千差万別だ。だから当然、人によって判断する基準は違ってくる。

「──でも」

いつもは笑顔のヒナちゃんが、大きく目を開けて言った。

「本物は……圧倒的に素晴らしいものは、多数決を取れば必ず勝つと、ヒナは思っています」

言葉の節々に底知れぬ自信を感じる。

（何だろう、この感覚は……。以前ヒナちゃんが持っていた自信とは違う……）

ああ、そうか。

彼女が抱いているのは自信じゃない。

──確信だ。

ヒナちゃんに以前あったのは、『負けを知らないがゆえの自信』。

でも今は、まるでこう語っているかのようだ。

——あなたの能力は見切っている。

——役の違いなんて関係ない。パートナーも関係ない。

——それほど差はできていて、自分のほうが圧倒的に上だ。

「悪かったな。投票で俺も問題ない。俄然(がぜん)燃えてきたぜ」

俺はゆっくりと腕を伸ばした。

自分の演技を知っている相手から、ここまで舐(な)められるなんて久しぶりだ。

元々俺はエリートじゃない。下から這(は)い上がってきたタイプだ。舐(な)められることには慣れている。そして舐めてきた相手を見返す楽しさも知っている。

「照明と音楽の最終チェック、どのくらいかかる？」

哲彦(てつひこ)は最後方——音響や照明を操作する一角でスタンバイしている玲菜(れな)に声をかけた。

「十五分ぐらい欲しいっス！」

「じゃあ末晴(すえはる)、二十分後から開始で問題ないか？」

「ああ」

ということで俺&黒羽(くろは)組と哲彦(てつひこ)&ヒナちゃん組は、それぞれ上手(かみて)と下手(しもて)、部屋の隅に分かれ、柔軟体操を始めた。

「ハル……あたし、足を引っ張らないよう頑張るから」

チェックのため、照明がついたり消されたりされる。それに応じて黒羽の顔が光と闇、交互に映し出された。

黒羽の表情に精彩がないのは、照明のせいじゃないだろう。

不安なのだ。手もよく見れば震えている。

俺は首を左右に振った。

「大丈夫。クロはクロで、思い切りやってくれ。多少ミスっても気にすんな。俺が何とかするから」

「ハル……」

黒羽は険しい顔を緩めた。

「いつもはあたしが世話してるのに、演技では逆だね」

「一つくらいそういうのがあってよかったよ。じゃないと俺も立場がない」

「それと……」

「何だ？」

黒羽は声量を下げてつぶやいた。

「やっぱり演技をするときのハル、カッコいいね」

本番を前にして緊張感を高めていたのに、あまりの可愛らしさにぐっと心を摑まれてしまった。

「そ、そういうこと言われると照れるんだが……」

「まんざらじゃないくせに……」

「そ、そりゃ、結論出せてないけど、お、俺、お前のこと、意識してるし……」

「ふ～ん」

ニマニマと笑う黒羽は小悪魔らしさが全開で、上から見られているのに、悔しいほど可愛らしい。

「ま、本番前だし、これくらいで許してあげよっかな」

「さっきまで緊張してたくせに、随分余裕だな」

「ハルがサポートしてくれるんでしょ？」

「まあ、な」

「なら大丈夫じゃん」

「……そうだな」

柔軟しつつ、ふと哲彦とヒナちゃんの様子をうかがってみた。

二人もちょうど俺たちのほうを向いていた。

でも何だろうか。

不気味な笑みを浮かべている。

あの笑みはなんだ……？　余裕……か？

「哲彦！　一応聞いておくが、不正はしないよな！」

相手は哲彦だ。念のため確認しておいたほうがいいだろう。

哲彦は鼻で笑った。

「勝っても金をもらうわけじゃねーのに、どうしてそんなことするんだよ？　お前が不正と思うところがあった時点で、勝負はオレらの負けでいいぜ？」

「それなら……まあ」

確かに今回、新入生たちの練習前の余興みたいなものだ。不正をする理由などない。

しかし、それならあの余裕はいったいなんだ……？

「それより末晴、イチャついてるなんて、随分余裕だな？」

「はぁ⁉」

顔が熱くなるのを感じる。

横を見ると、黒羽は顔を赤くし、恨めし気に哲彦をにらんでいた。

「せ～んぱいっ！　全力できてくださいね！　じゃないと――」

ヒナちゃんは笑顔から突然無表情になり、目を鋭く光らせた。

「――潰しますから」

そうだ。出演班での練習を見ていたときから以前との違いを感じていたが、これだ。

ヒナちゃんは自信が確信へと変わり、天真爛漫、純真無垢でありながら、『凄み』を手に入れた。しかも泥臭い『執念めいた凄み』だ。

相反するものがヒナちゃんの中で同居している。

——ここ数か月、ヒナちゃんはどんな経験をしたんだ。

天才児が執念を覚えて努力したとき、どれほどのものとなるか……。

俺は戦慄を覚えざるを得なかった。

＊

今回、小道具は鍵が一つ用意されているだけの簡素なものだが、演劇の練習ではそういうことも珍しくない。大道具さんや小道具さんが動き出したばかりの初期は、それが当たり前と言えるだろう。

問題は物がないことで場面をイメージしにくいことが、慣れない黒羽にどれだけ影響があるかどうかだ。

先ほど一緒に台本の読み合わせをしてみた感じでは、想像以上にいい。

元々黒羽は器用だ。それに加えて哲彦からの指示で、以前お世話になった慶旺大学の演劇サークル『茶船』の練習に度々参加させられていた。

俺や真理愛はプロでやっていたので丁重に扱われていたが、元々OGから女優が輩出され、中には高校のころに全国大会に参加したこともある猛者だっている名門演劇サークルなのだ。ただ最近ちょっと落ち目だっただけで、そんじょそこらの演劇部より遥かにレベルは高い。

「照明、音響、準備オッケーっス！」

「末晴、志田ちゃん、準備はいいか！」

下手の袖にいる哲彦に対し、俺は頷いた。

すでに部屋の電気は落とされ、明かりはスポットライト二つがあるだけだ。そうやって何もないところを舞台として演出している。

演出も単純。登場人物二人それぞれにスポットライトを当ててるだけ。音楽は一曲を流しっぱなし。そう聞いている。

現在、スポット以外のところはだいぶ薄暗かった。それでも俺の頷きを目視できるくらいの明るさはある。

俺の頷きを見て、哲彦は頷き返した。

そして玲菜にキューを出す。

流行(はや)りのJ-POPの音量がどんどん大きくなっていき、反比例して照明が落とされていく。

一瞬、部屋を覆う暗闇。だがそこに何もないわけではない。

緊張感が張り詰めている。

肌を刺し、全身を泡立たせる、たまらない緊張感が。

(――また俺はこの場所に戻ってきた)

全身に喜びが満ちていき、俺は静かに心のスイッチを入れる。

変身するために。

俺は足音を殺して舞台の中央に立った。

そして音は完全に消え、俺に焦点の当てられたスポットライトが点灯し――せつない旋律が流れ始めた。


「――なぜだ!」


最初の一声で、場の空気を変える。

ここは合宿所の空き部屋ではなく、苦悩する男のマンションなのだと知らしめるのだ。

「なぜあいつは離婚に応じない! お見合い結婚だったから、世間体か? お腹(なか)に子供がいるからか?」

男には妻がいた。妻のお腹には子供がいた。

しかし別の女を好きになった。だから別れようとした。けれども妻は離婚に応じなかった。

そんな最低な男の、最低な愚痴。説明セリフになってしまっているのは、演劇ならではのご愛敬といったところだ。

そこに彼独自の正論を乗せ、人間味を加えるのが俺の仕事だった。

「まったく――くだらない！」

新入生の顔が強張ったのが見えた。

俺の表情が鬼気迫っていたからだろう。

身勝手な男だが、この怒りは彼なりの理論で正論――だからこそ本物の怒りでないと、話が通じない。

「世間ではこれほど愛が称賛されているじゃないか！　真実の愛は、何よりも重い！　ただ僕は出会いが遅かっただけだ！　妻ができ、子ができてしまってから、真実の愛と出会ってしまっただけ！　当然罪は罪だが、その償いに金は出すと言っているじゃないか！　これほど初恋がもてはやされているというのに、なぜ僕の恋は否定されなければならないんだ！」

妙に生々しいテーマとセリフ。

俺が直感的に、哲彦がシナリオを主導したと感じる部分だ。

俺にとって『初恋』は重いもので、しかも美しいものだ。そしておそらく、白草も同様なんじゃないかな、と感じている。

きっと白草の性格上、こういうキャラクターは嫌悪するだろう。

だからこそ自作の小説には出そうとしないに違いない。

ただ『結婚し、子供ができてからの初恋』というのは、物語のテーマとしてはあってもいいと思う。

いろんな人がいて、いろんな人生がある。だからこそ学生時代に初恋を覚えるとは限らないだろう。

ただこの辺りのひねくれ具合――『初恋とは学生時代のもの』という思い込みにツッコんでくる感じが、哲彦のにおいを強くしていた。

「……くそっ！　優菜に知られる前に、早く決着をつけなければ！　そうしないと――」

「――俊一さん」

空想で作り上げた空気の机を叩き、突っ伏す俺の背後から、黒羽が現れる。

黒羽の役名は優菜。俺――俊一の最愛の人にして、自分がプロデュースするアイドルでもある。

「……あ、いや、今のは何でもないんだ。ちょっと仕事でトラブってしまってね。大丈夫、いつも通り僕に任せてもらえれば――」

「………」

黒羽は反転し、俺に背を向けた。

いい感じだ。やはり黒羽は上達している。セリフがなくても、動きだけで十分に意思を感じられた。

「……私、少し前から知っていました。俊一さんが結婚していることも。そして、奥様のお腹には子供がいることも」

「何だって……っ⁉　そんなデマを誰が……っ⁉」

「俊一さんの奥様です」

「っ――」

俊一と同化している俺にとって、彼女のセリフは頭を殴られたような衝撃があるものだった。

足元がふらつき、壁に手をつけなければ立っていられないほどだ。

「直接私のもとに来られて、すべての説明を」

「あ、あいつはなんて言っていた？」

「私と俊一さんへの恨みを」

俺は血が出そうなほど強く唇をかみしめた。

最悪の事態だ。何とかうまくごまかさなければならない――

いや、もはやごまかすことができる状態じゃない。

すべてをさらけ出し……そして何としても、彼女を繋ぎとめるのだ。

「すまなかった！　騙していて！」

俺が意識したのはギャップだ。

先ほどまでは傲慢な仕草。しかしここで土下座をし、一転して情けなさを強調する。

「妻とは別れるつもりだった！　そして別れれば、嘘にならないと思っていたんだ！」

都合のいいセリフを、迫真さで乗り越えようとする。

見ている者からすれば、自己の利益を図ろうとする滑稽な男の姿であると目に映るだろう。

それこそが俺の演技の狙いだ。

「しかし奥様は別れる気などないと言っていましたが？」

「必ず説得してみせる！　ボクが愛しているのは君だけだ！」

台本を初めて読んだとき、ここのセリフを『俊一』は本気で言っているのかどうかわからなかった。

都合よく愛人を引き留めようとしているのかな？　とも思った。

でもここからのセリフが、俊一が優菜に本気の恋愛をしていることを理解させた。

だから俺は、優菜に——黒羽に熱弁する。

「初めてだったんだ！　『恋』という気持ちを知ったのは！　ボクは愚かだった！　君に出会うまで、『恋』なんて幻想だと思っていた！」

俺は——俊一は——頭を抱えて歩き回る。

「どうして過去のボクは、運命の出会いを信じられなかったのか！　利益に惑わされ、安易にお見合いし、結婚をしたのか！　君と出会うとわかっていれば、ボクは——」

「——俊一さん」

黒羽は眉一つ動かさず言った。

「別れましょう、私たち」

「嫌だ！」

俺は黒羽の足元にすがりついた。

本当にみっともなく、もう一歩もそこから動かさないぞ、と語るかのように、膝のあたりを抱きしめる。

「愛しているんだ！　嘘じゃない！　ボクは君のためなら何でもしよう！」

それでも——黒羽の表情は変わらない。

「妻との離婚は当然する！　……そうだ！　北へ行こう！　仕事を辞めて、二人で北海道でやり直そう！　土を耕し、種をまき、汗水たらして、君のために働くよ！　そして子供たちに美しい大地を見せよう！」

「子供たちとは、私と俊一さんの子供ですか？」

「そうだ！　たくさん欲しいな！　三人……いや、もっとだ！　ボクは一人っ子だったから、賑やかな家庭に憧れがあるんだ！」

「――じゃあ奥様の子供は、そういう景色……見られないんですね」

沈黙が落ちてくる。

あまりにも重い一言に、俺は動揺を隠せなかった。

「あ、いや、それは……いずれ和解も……」

「北海道へ別の女と逃げ出した父親を、子は許せるのでしょうか？」

「必ず何とかする！　ボクは、君とともにいたい！　そして、君を幸せにしたいんだ！」

黒羽はぎゅっと胸に手を当て、目をつぶった。

「とても嬉しい言葉です……。たぶん、生まれてきて、一番嬉しいです……。私も俊一さんが好きだから……」

「優菜……それじゃあ……」

「でも、私たちは、運命がかみ合わなかった……」

黒羽が目を開いたとき、すでに瞳には決意が宿っていた。

「さようなら、俊一さん。奥様と、お幸せに」

「待ってくれ、まだ話は終わってな――」

黒羽から何かが投げつけられる。

それはチャリンという金属音をさせ、床に落ちた。

彼女に渡していた、マンションの合鍵だ。

「私はあなたに出会えてとても幸せでした――」

「優菜ぁ！」

黒羽が舞台外へとはけていく。

瞳がこれ以上の会話を拒絶していた。

どれほどの言葉を尽くしても無駄なことは、その瞳が雄弁に語っていた。

「あああああぁぁぁあぁぁ！」

壊れろと言わんばかりに、拳を床へ叩きつける。

もはや――すべては破綻していた。

「――カット！」

カメラ役の玲菜の声で、撮影の終わりが告げられる。

部屋の電気がつけられ、普通の空き部屋が戻ってきた。

「「「「おおおおおぉぉぉぉぉ！」」」」

拍手が湧く。

惜しみない賞賛の拍手だ。

陸が駆け寄ってきた。

「先輩！　生で見ると動画よりさらに凄かったっす！」

「おおっ、ありがとな！」

「マジ最低な男っした！　ホントマジ最低すぎて、先輩って最低だなって思いましたよ！」

「言い方ぁ！」

そんなバカなやり取りをしていると、碧も寄ってきた。

「よう、スエハル」

「……どうした、ミドリ？　なんからしくねーぞ？」

なんだか言いたそうにしているが、目も合わせず頭を掻いている。

「なんつーか、ちょっとびっくりしたっつーか」

「何が言いたいんだよ」

「いや、マジでお前役者なんだなって……お前がお前じゃねぇみたいで……なんか声かけにくくってさ。でも凄かったって、声かけたくて……」

「……何を言ってるんだ？　言いたいことがよくわからんが」

「あ〜、とにかく！」

　バンッ、となぜか思いきり背中を平手で叩かれた。

「ちょっとびっくりするくらい良かったってことだよ！　わかれ！」

「わかるかよ！」

　なんて不器用なやつなんだ。褒めてくれるなら、素直に最初から言ってくれればいいのに。

　でも俺は一応、先輩。家に帰れば弟同然だが、少なくともこの場では三年生と一年生の差がある、断然上の立場だ。

　だからここは先輩としての包容力を発揮しなければならないと思った。

「だがまあ……ありがとな、ミドリ。褒めてくれて」

「……最初からそう言えよ」

　照れくさそうに碧が鼻の頭を掻く。

　そして、俺たちのやり取りを見ていた黒羽に目を向けた。

「クロ姉ぇも凄かった。スエハルほど別人って感じはしなかったけど、かなりグッときたよ」

「ハルと一緒にしないでくれる？　あたし素人だから」

「いやでも、マジでよかったって！」

「そうっす！　志田先輩も男を捨てる女の怖さ、あったっす！　たぶん志田先輩にあんなこと言われた人、立ち直れないっすよ！」

　黒羽がため息をつき、俺に囁いた。

「間島くんの素直なところ、褒めるべきか怒るべきか迷うよね……」

「そうなんだよなぁ。いいやつではあるんだが、率直なだけに結構ダメージにくるっていうか」

「だよねー」

「パイセン&志田先輩コンビ、ありがとうございました！」

区切りをつけるためか、玲菜がそう声を張り上げ、再び拍手が湧いた。

「じゃあ十五分後から、テツ先輩&雛菊さん組を始めますんで、お二人は準備よろしくっス！」

俺は舞台から離れ、皆が待機している部屋の隅に移動した。

さすがに疲れが出てきて、壁にもたれて座り込む。

すると白草が俺にペットボトルの水を差しだしてくれた。

「スーちゃん、よかったわよ」

「サンキューな。あ、そうだ」

「何？」

「あのシナリオ、筋っていうか、原案って哲彦だよな？」

白草が肩をすくめた。

「やっぱりわかっちゃうわよね。……そうよ。それと、細かなセリフも、甲斐くんのほうで手を入れてる」

「作家とかって、セリフに手を入れられるのって嫌じゃないのか？」

「そりゃ嬉しくないけれど……よりいいものになってたら、認めるしかないのよね……。悔しいけど甲斐くんのセリフ修正、生々しい感じが出てて、最初に私が書いたものよりいいのよ」

なるほどなぁ。あいつ、あいかわらず器用というか、多才だな。

真理愛やヒナちゃんも多才で器用だけど、ちょっと方向性が違う。プロデューサーや監督、ビジネスマンの方向での多才さを感じる。

「末晴お兄ちゃん、凄く良かったです」

今度は真理愛が近づいてきて、俺の横に腰を下ろした。

「ありがとな」

「黒羽さんも、想像以上に……下手な新人役者より、ずっと良かったです。驚きました」

その黒羽は演技で力を使い切ったのか、俺たちから離れたところで一人ぐったりとしている。

「それな。俺も思った以上に自分の演技に没頭できた。哲彦から演技の練習させられてたし、元々才能もあるんだろうな」

「哲彦さんの演技、どうなんでしょう？」

「そうなんだよ。実はヒナちゃんの演技より、そっちのほうが興味ある」

練習で見る限り、哲彦の技量は悪くない。素人と考えれば十分レベル。カラオケでたとえるなら、一緒に行くとみんな絶賛するが、さすがにテレビやステージでは無理って感じだ。

今日の黒羽は素人レベルを超えていた。練習そのままなら黒羽のほうが上だろう。

ただ今回は、もしかしたら今までよりいい演技が見られるんじゃないか？　と思える要素が二つある。

「こういう場に哲彦が自分から出てくるの、俺、ほとんど見たことないんだよな。裏方にいたがるやつだしさ」

「それだけ自信があるってことでしょうか？」

「そうかもなぁって予感がちょっとある」

それが俺の考える、いい演技が見られそうな要素のその一。

そしてもう一つが――

「あとこの役、甲斐くんの当たり役っぽいわよね」

口を開きかけたところで、横から白草が口を挟んできた。

「そう！　俺もそれが言いたかったんだよ！」

この絶妙なクズっぷり！

台本読んでるときから哲彦が頭をよぎって仕方がなかったんだよなぁ。

十年後、哲彦はこんな状況に立たされてるんじゃないか、と想像してしまったほどだ。

ただどうしても哲彦とかみ合わない部分がある。

俊一は優菜に対して本気の恋愛をしていることだ。

哲彦は女遊びが激しく、恋なんてしたことあるのか？　としか思えない。

その哲彦が『愛』を――いや、『初恋』をどう演じるのか……。

ヒナちゃんの成長ぶりももちろん気になるが、そっちも気になるところだった。

「演劇勝負時点の雛菊さんと哲彦さんなら、末晴お兄ちゃんが勝っているクオリティだったと思います。でもあの二人が変わっていないとは思えないので――」

「奇策に出てくるかな？　モモは何かやってきそうなこと、思いつくか？」

「……いえ、特に。不正はしないと言ってましたし……。まあ今回は余興です。楽しく見せてもらいましょうよ」

「ま、そうだな」

上手の舞台脇で哲彦とヒナちゃんが最後の打ち合わせをしている。

周囲がうるさいので何を話しているかわからないが、その光景が様になっており、余裕さえ感じられた。

「照明と音響の準備、オッケーっス！　役者組、どうっスか？」

「こっちも準備オッケーだ」

「じゃあ始めるっスね！」

玲菜がキューを出すと、照明は落ちていき、バックミュージックの音量が上がり始めていった。

「どっちが勝つかな……？」

「丸先輩マジ凄かったし……」

「ヒナちゃんの演技楽しみ！」

新入生たちの期待の声は大きくなった音楽に塗りつぶされ、音量が下がるとともに静寂が訪れる。

そして暗闇から一転、中央にいる哲彦にスポットライトが当たった。

「――なぜだ」

重いつぶやきだった。

（っ！　そう来たか！）

俺は絶叫に近い声で場の空気を変えた。

しかし哲彦は怨嗟のこもったつぶやきで、一帯を暗黒に染め上げた。

俺とまったく正反対のアプローチに、俺は全身に鳥肌が立つのを感じていた。

「なぜあいつは離婚に応じない……お見合い結婚だったから、世間体か？　お腹に子供がいるからか？」

哲彦は怒りを発散していない。だから声は小さい。

でもそこに込められた不条理、怒り、恨み——あらゆるものが真に迫っていて、哲彦の口からヘドロのような闇が漏れ出しているようだ。

この場にいる全員はすでに泥の中。

ただ沈んでいくしかない恐ろしさに震えが止まらない。

「まったく——くだらない！」

ここで、一気に爆発した。

爆発ポイントの違いは、俺と哲彦で、台本の解釈が違うためだろう。

だが演じた俺が、哲彦の解釈のほうが正しかったのではないかと思えるほど——心をえぐってくる。

俺は『俊一』というキャラを最低に見せるため、怒りを発散し、威圧的に演じた。

だが哲彦は同じ怒りでも、もっと内包させ、セリフ一つ一つから戦慄を覚えるほど濃縮した感情と気持ち悪さを出してきている。

単純な演技力、という意味では俺のほうが上だと思う。でも解釈が素晴らしく、そしてやはり——この役は、恐ろしいほど哲彦にハマっている。

解釈にはどちらが正解というのはなく、心に刺さったかは投票によって決まる。俺は哲彦の演技を見れば見るほど一本取られた気持ちになっていた。

「……くそっ！　優菜に知られる前に、早く決着をつけなければ！　そうしないと――」

「――俊一さん」

さあ、ヒナちゃんの登場だ。

顔をゆっくりと上げる。

ただそれだけで、俺は唾を飲み込んでいた。

（――かつてのヒナちゃんとは、完全に別人だ）

抑えようとしても抑えきれていなかった、あの純粋無垢な輝き。

それがすべて身体の中に閉じ込められ、存在感に昇華されている。

ヒナちゃんは何も派手なことをしていない。

笑顔もない。強いセリフもない。名を呼んで、暗い顔を見せただけ。

それなのにはっきりとわかる。

――この子は、ヒロインなのだと。

「……あ、いや、今のは何でもないんだ。ちょっと仕事でトラブってしまってね。大丈夫、いつも通り僕に任せてもらえれば――」

「……私、少し前から知っていました。俊一さんが結婚していることも。そして、奥様のお腹（なか）には子供がいることも」

ヒナちゃんから目が離せない。

あまりに美しく、あまりに切なく、あまりにいじらしい。

今のヒナちゃんの演技に比べれば、演劇勝負のときなんて幼稚なものだ。

天性の光で、みんなを照らして回っていたにすぎない。

見る人はそのまぶしさに驚き、当てられていただけだ。

けど、その光をカリスマに変えてきた。

純粋無垢な天性の光を人間的深みへと変貌させたのだ。

今のヒナちゃんはまぶしくない。

逆だ。吸い込まれる。

（この子、本当に天才だ……っ！）

背中がゾクゾクする。

前から天才だと思っていたが、今、心の奥底で確信した。

（ヤバい……この子、本物の化け物だ……っ！　才能だけで言えば、俺や真理愛（まりあ）を遥（はる）かに凌（りょう）駕（が）している……っ！）

小学校のころ、超一流と言われる役者と共演したことがある。

そのほんの一部だけが持ち得ていた特別の求心力を、この子は今、持ち得ている。

しかも恐ろしいことに――僅か数か月で身につけてきたのだ。

なぜ俺は忘れていたのか。こうした存在感やカリスマを持ち得ていた人の存在を。

かつて目にしていたはずなのに、六年もの歳月は、そんな演技にとって大事な記憶を失わせていたのか。

「初めてだったんだ！　『恋』という気持ちを知ったのは！　ボクは愚かだった！　君に出会うまで、『恋』なんて幻想だと思っていた！」

また、哲彦にも驚かされてばかりだ。

なぜ哲彦の演技が、これほど胸を打つんだ？　こいつが『恋』を語るなんて普段想像できないのに、どうしてこんなに真に迫ってくるんだ？

「どうして過去のボクは、運命の出会いを信じられなかったのか！　利益に惑わされ、安易にお見合いし、結婚をしたのか！」

なぜ『初恋』に関するセリフが、哲彦にこれほどハマるのか。

ただこの役がはまり役だった、というだけでは説明がつかない。そのレベルでは、素人に毛の生えたレベルの哲彦が、これほどの説得力を持つことはできないはずだ。

ならば答えは一つ。

哲彦は『初恋』に対し、大きな葛藤を抱いたことがあり、これらのセリフに感情を乗せられているからとしか考えられない。

「君と出会うとわかっていれば、ボクは――」

「――俊一さん」

「別れましょう、私たち」

「嫌だ！」

みっともなくすがりつく哲彦。

いつも冷笑して、人をバカにしているようなやつなのに、なぜこんなシーンがこいつにこれほど似合うのだろうか。

そして――ヒナちゃんもそうだ。

ヒナちゃんはいつも純粋無垢な笑顔だ。しかし今の悲しそうな瞳で表情を殺している姿に、胸がときめかずにはいられない。美しすぎて、彼女を幸せにできないことに、見ている俺が罪悪感を覚えてしまうほどだ。

自分がこの最低な男と同じ立場になった際、きっとすがりついてでも彼女を繋ぎ止めたいと考えるだろう――そう頭によぎるほど、ヒナちゃんの仕草はあまりに可憐で、引き込まれていく。

「子供たちとは、私と俊一さんの子供ですか？」

「そうだ！　たくさん欲しいな！　三人……いや、もっとだ！　ボクは一人っ子だったから、賑やかな家庭に憧れがあるんだ！」

「――じゃあ今の奥様との子供は、そういう景色……見られないんですね」

哲彦が、目を見開く。

たったそれだけ。声も発していない。

しかしその瞳の生気の無さに、俺はブルッと全身が震えた。

（なんだ……この絶望感は……）

哲彦、なぜ役者でもないお前にそれほどの絶望感が出せる？

今のお前は、何をイメージしている？

周囲はただただヒナちゃんと哲彦の演技にのめり込んでいるが、たぶん俺と真理愛だけは別の驚きを持っているだろう。

――哲彦……お前は、何を抱えてきているんだ？

さっきの『初恋』もそうだ。

この絶望感――小手先の演技では不可能な水準に到達している。

台本の根幹は哲彦が考え、セリフにまで手を加えてきたと白草は言っていた。

気持ち悪いほどの迫真の演技。当たり役にもほどがあると思えるほどの配役。

俺は――何か特別なものがあるとしか感じられなかった。

「必ず何とかする！　ボクは、君とともにいたい！　そして、君を幸せにしたいんだ！」

「とても嬉しい言葉です……。たぶん、生まれてきて、一番嬉しいです……。私も俊一さんが好きだから……」

「優菜……それじゃあ！」

「でも、私たちは、運命がかみ合わなかった……」

くそっ、どうして俺は泣いているんだ。

対戦する相手の演技で泣くなんて、もう負けを認めているようなものじゃないか。

「さようなら、俊一さん。奥様と、お幸せに」

「待ってくれ、まだ話は終わってな——」

ヒナちゃんが、マンションの合鍵を投げつける。

その金属音さえ、悲しい響きを持っているように感じられた。

「私はあなたに出会えてとても幸せでした——」

「優菜ぁ！」

ヒナちゃんが舞台から消える。

「ああああぁぁぁあぁぁ！」

俺は哲彦の慟哭を、涙を流しながらただ唖然として聞いていた。

「――カット！」

玲菜の声で、撮影の終わりが告げられる。

明かりが戻り、部屋が照らされた。

だが――誰も動かなかった。

俺たちが終わった後にあった、拍手はない。

ただただ皆、圧倒されていた。

「スーちゃん……」

横から白草がハンカチを差し出してきた。

それで俺は、涙を拭うことすら忘れるほど呆然としていることに気がついた。

「末晴お兄ちゃん……」

真理愛のつぶやきが硬い。

わかっている。何を言いたいか。真理愛が何を考えているか。

俺は頷き、未だ突っ伏したままの哲彦に歩み寄った。

「哲彦」

背に向けて声をかける。

しかし哲彦はピクリと動いたが顔を上げなかった。

役に入り込みすぎているとき、すぐに『抜けない』ことがある。

それを知っている俺は、そのままにさせておくことにした。

「ヒナちゃん」

俺は首をひねり、ゆっくりと口を開いた。


「――投票するまでもない。俺の完敗だ」


「えっ？」

「はっ？」

新入生の一部が驚きを見せた。

「丸先輩、そんなことないですよ」

「私は丸先輩たちの演技のほうが好きでしたが」

そんな声を上げる新入生もいた。

だがほんの一部だ。賢明なやつらはわかっている。

今回、俺と黒羽コンビが完膚なきまでにやられたことを。

その証拠に、真理愛は無言を貫いている。むしろ俺の行動に納得してさえ見える。

白草は俺のフォローをしようとしたが、途中で止めた。フォローすることが、俺のプライドを傷つけるとわかったのだろう。

「いや――」

「でも――」

俺をフォローしようと声を上げるやつがまた出てきた。

だがそのことに――俺は我慢ができなかった。

「わからないのかよ！　さっき言っただろ！　投票するまでもないぐらい完っっっ璧に！　これ以上なく圧倒的に！　俺は負けたんだよ……っ！」

「っ――」

つい声を荒らげてしまったことで、新入生たちが身体をすくませる。

なのに俺は火がついてしまい、そのままの勢いで吐き捨てた。

「俺たちが終わった後、拍手があっただろうが！　でも哲彦とヒナちゃんの後は、誰も動けなかった！　それだけみんな圧倒されたんだ！　そして――」

俺は唇をかみしめた。

「演技を経験してきた一人の役者として、俺自身が圧倒された……っ！　物語への解釈も、役者としての華も、表現力も、俺は負けたんだよ……っ！」

「ハル……」

黒羽が俺の手を引いた。

それでようやく――我に返った。

「あっ……」

俺はなんてバカなのだろうか……。後輩の前でいきなりキレて……みっともなく当たり散らして……。

完敗したのに……恥の上塗りまでして……。

俺は――

「クロ……悪かったな……。俺の下手くそな演技に巻き込んじゃって……」

「そんな……ハル、卑下しなくても……」

俺は袖を摑んでいた黒羽の手を振り切り、背を向けた。

「あははっ、何やってんだろーな、俺……」

頭を搔いてごまかすが、さすがにこの空気を払しょくすることはできなかった。

「みんな、わりぃ……ちょっと頭冷やしてくるわ……。続き、俺抜きで頼む……」

それだけ言うのが精いっぱいだった。

俺は部屋を飛び出すと、そのまま人気のない方向へ走り出した。

*

俺は先ほど黒羽と話をした、運動場が一望できるベンチに来ていた。

「次は×××やるぞ！　メンバーは××あげて行くから、一人×××に出て――」

哲彦が仕切る声が僅かに聞こえてくる。

周囲には誰もいない。運動場も空っぽ。ぽかぽかと春の日差しが降り注ぎ、木の葉が暖かな風に揺られている。

（……くそっ！）

冷静にならなければならない。

そう思っているのに、怒りが内から湧き出て止まらなかった。

負けた！　完膚なきまでに！

確かに哲彦もヒナちゃんも凄かった！

（でも――）

くそっ！　くそっ！　くそっ！

俺は足元にあった草を引き抜き、地面に投げつけた。

（バカなことやっちまった……）

――何が『お手本見せてやる』だ？

――はぁ？　『負けるイメージは持ってない』？

――『確実にレベルは上がってる』って、どの口が？


どんだけ調子に乗ってたんだよ、俺！

先輩としておだてられてただけなのに、相手のレベルさえわかってもなかったなんて！

どんだけバカなんだ、俺は……っ！

(もう完全に、ヒナちゃんは俺より上だ！　今後頑張っても追いつけるかどうかわからないほど、圧倒されている……っ！)

そこはすぐに認めろ。認めてからじゃないと、話は始まらない。

なぜあれほどヒナちゃんは成長した⁉　輝くだけじゃなく、その輝きを内に凝縮し、カリスマにまで高めた技量――あれは才能があろうと、そう簡単に身につくものじゃないはずだ。

(俺にあれができるか……っ⁉)

わからない。わからないけど、あれができない限り、たぶん金輪際、俺はヒナちゃんに勝てない。

「――くそっ！」

拳をベンチに叩きつける。

ベンチはささくれていて、木の破片が拳に刺さった。

「あらら～。荒れちゃってますね、せ～んぱいっ」

「!?」

可愛らしく明るい、人を魅了する天性の声質。振り向かずとも誰かわかった。

だから俺は前方の運動場を見つめたまま言った。

「ヒナちゃんか」

「少しご一緒しても？」

「……少し一人にして欲しいんだが」

「すみません、ヒナもあまり時間がないんです。たぶんせんぱいはヒナの成長理由を知りたいと思っているので、それだけでも伝えたいのですが」

俺は驚き振り返った。

ヒナちゃんはいつものように妖精の笑みを浮かべ、金色の髪を輝かせていた。

「横、いいですか？」

「……ああ」

「やった！」

ぴょんと跳び、ヒナちゃんは楽しそうに俺の横に座った。

「今日、相当無理して来てくれたんだな。大丈夫か？」

「実はアリバイ作りまでしてるんですよー」

「アリバイ作り……？」

「ヒナ、寮で暮らしているので、いくら休日とはいえほぼ一日空けてたら、プロデューサーにどこへ行ってたか聞かれちゃうんですよー。ここへ来るのはマル秘なので、アリバイを」

「どんな？」

「その辺は時間が惜しいので、哲彦さんに聞いてください」

やっぱりそういうのは哲彦が絡んでいるのか……。

「せんぱいが今回負けたのって、すっごく簡単な理由なんですよ」

「才能か？」

俺が冷笑すると、珍しくヒナちゃんは不快そうな顔をした。

眉を八の字にし、そして——俺にチョップをくらわした。

「えいっ！」

「いって！」

この子、遠慮ないな！　女の子の可愛らしい感じのチョップじゃなくて、本気で痛いチョップだったぞ！

「せんぱいってお気楽な感じの人だと思ってましたけど、へこむとうじうじダメダメちゃんになっちゃうんですね」

「年下からその表現をされるのはさすがに……いや、実際そうだから、まあしょうがないけど」

「はっきり言います！　せんぱいがヒナに負けたのは——」

ヒナちゃんは立ち上がり、ズビッと俺を人差し指で差した。

「経験の差、です！」

「……え？」

想定外の指摘だったので、さすがに俺は反論した。

「いや、俺のほうが役者経験は長いと思うんだが……」

「ちょっと言い直します！　超一流の役者たちと、ここ最近演技をしていないことでの、経験の差です！」

「あっ……」

そこまで説明され、腑に落ちた。

「いくらせんぱいが舞台勘を取り戻してきたといっても、周囲にいる一流の役者は真理愛先輩だけです！　サッカーで日本代表までいった人が、ブランク後、高校の部活の中で試合勘を取り戻したといっても、急にまた日本代表でプレイできますか？　無理ですよね？」

さっき俺は、ヒナちゃんの演技を見ていたとき、過去共演した名優と言われる人たちのことを思い出した。

真理愛は一流の若手役者だと思うが、さすがに何十年も経験してきた名優とは違うし、そもそもドラマや映画の撮影に比べれば、群青同盟の環境はぬるま湯と言える。

演技における最高水準の経験、勘が失われているのだ。

「ヒナ、秋にせんぱいに演劇勝負で負けて、凄く悔しかったです。本当に、とてもとても悔しかったんです」

ヒナちゃんは唇を一文字にした。

俺はヒナちゃんにとって、演劇勝負なんて遊びみたいなものだと思っていた。

だって彼女はトップアイドル。歌を歌えば年間ランキングの上位に名を連ねる存在だ。

そのレベルの話に比べれば、大学での演劇なんて規模が小さすぎる。

（でも——違う）

言葉の端々に出ている。悔しさが、自分の無力さへの怒りが。

「だからヒナ、プロデューサーに演技がうまくなりたいと言いました。そして、映画、ドラマ、演劇など、主役・端役にかかわらずやらせてもらい、時間が空く限り、一流と言われる役者がいる舞台を見て回りました。まだ公開されてない作品も多いんですが、本当に受けられる役をすべて受けて頑張ってきたんですよ？　ヒナ、こんなに悔しいの、初めてでしたから。……でもそのおかげで少しずつ見えてきたんです。表現の方向性が」

キリッとした瞳で、ヒナちゃんは俺を見上げた。

「せんぱいはなまじ才能が圧倒的にあるので、ブランクがあっても一流レベルに達していたと思います。それはせんぱいの年齢を考えれば普通到達できない領域なので、今まで十分通用してきました。でも——それではヒナには勝てませんよ？」

「ヒナちゃん……」

今の彼女は、世間で言われる妖精じゃない。

飽くなき向上心を隠すことなくさらけ出す——狼だ。

「ヒナはせんぱいを最大のライバルとみなしています。真理愛先輩よりも、です。過去の映像で見たせんぱいは、今よりさらに上でした。そして挫折し、立ち直ってきたせんぱいは、過去よりもさらに上を目指せるはずなんです。でも、この場所では無理です。群青同盟ではせんぱいの才能を磨き切れません」

「……悔しいけれど、同感です」

真理愛だった。

このタイミング。どこかでこっそり聞いていたのだろう。

歩み寄ってくると、ゆっくりと口を開いた。

「末晴お兄ちゃん、実はドラマ出演の依頼が一つ来ているんです」

「俺に、か？」

「正確に言えばモモと末晴お兄ちゃんに、です。以前演劇勝負で代役の依頼をしてきたNODOKAさんが、自分が主演するドラマのゲストに、モモと末晴お兄ちゃんを指名してくれているんです」

「演劇で協力したお礼ということか？」

「その意味もあるようですが……あの演劇勝負の演技を評価したうえで、というほうが強いようです。一度二人と共演してみたいから、監督に推薦しておく──というのがNODOKAさんからのお話でしたから」

「そうか。評価してもらえるのはありがたいな……」

「一流の役者も出る、いいドラマです。ヒナさんに負けないためにも、出ませんか？」

「──やる」

俺は迷わず答えた。

ヒナちゃんに負けて悔しかった。ベンチを拳で叩いて、血が出るなんてバカなことをしてしまうほど。

そして、上達できる方法がわかった。その道筋を真理愛が用意してくれた。

ならば即答だ。考えるまでもない。

やろう。今度は俺が、ヒナちゃんにリベンジをするのだ。

「わかりました。NODOKAさんと総一郎さんにはそう伝えておきます。もちろん、モモも一緒に参加しますので」

「頼もしいな」

「そう言ってもらえると嬉しいです。――では、さっそくモモはその手配を始めますので」

真理愛は一礼し、俺とヒナちゃんの前から小走りで去っていった。

真理愛がいなくなり、ふと気がつく。

ヒナちゃんは、このために来ていたのではないか、と。

「ヒナちゃん……まさかＮＯＤＯＫＡさんのドラマに出演させるために、ここへ……？」

「あー、それは少し違います。その話自体は、今知ったので」

しれっとヒナちゃんは言った。

「ヒナが来たのは、末晴先輩に圧勝し、現状を認識してもらうためです。あと、演劇勝負のリベンジですね！　今日はぐっすり寝れそうです！」

今年初めての休みが取れたというのに、無茶してアリバイ作りまでして、やろうと思ったのが俺へのリベンジか。

本当にヒナちゃんは、見た目と性格が一致していない。

「……いい性格してる」

「ふっふ～、ヒナにメロメロになっちゃいましたか、せ～んぱいっ？」

真理愛が策士だとすれば、ヒナちゃんは天然。

天然で、それでいてトップアイドルとなるほど魅力的な小悪魔だ。

「せんぱいはお気に入りなので、いい子いい子してあげますよ？」

「ちょっと待て！　別にやらなくていいから！」

この子、トップアイドルのくせに本気で俺の頭を撫でまわしてくるんだが！

「嫌がるせんぱいが楽しいので続行します」

「ヒナちゃんはアイドルの自覚なさすぎぃ⁉　ゴシップ誌に写真撮られたら一面だぞ⁉」

「じゃあ次に勝負するとき——ヒナといい勝負、してくれますか？」

ああ、なるほど……それを言うタイミングを計っていたのか……。

まあこの子のことだ。じゃれ合いたかったのもあるだろうが、それならそうと最初から言ってくれ。

その回答はすでに決まっているのだから。

「ボコボコにするから、泣く準備をしておいてくれ」

「あはっ☆　そんなこと言っちゃってくれるんですか？　ヒナ、嬉しくてさらにせんぱいのお気に入り度が上がっちゃうんですけど☆」

「残念だな。そうやって言えるのも、今のうちだよ、ヒナちゃん。俺が圧勝したら、ヒナちゃんへこんじゃうからさ。可愛い子は泣かせたくないけど、しょうがないよな？」

「ふふっ、最高ですねーっ！　そんなこと言ってるせんぱいが、ヒナの演技でまたボロボロに

なっちゃうわけですよ！　もうワクワクしちゃいますよね！」

あー、やっぱりヒナちゃん、戦闘民族だ。真理愛も戦うの大好きだが、より純粋に戦闘を好んでいる。

瞬社長は、ヒナちゃんで世界を獲ると言っていた。

確かにヒナちゃんの容姿、才能、メンタル……あらゆるものが、世界と戦うのに向いている。

でもな——

俺だって負けたままではいられないんだよ……っ！

「ヒナちゃん、握手をしてくれないか？」

「左手で、ですか？」

「そうだな」

右手は敵意がないことを表す、友好の握手。

しかし左手の握手は、密かに武器を持っている可能性もある、敵意を隠し持った握手だ。

これから戦う相手には左手の握手がふさわしいだろう。

「はい、では左手で」

「再戦を楽しみにしてる」

「ヒナも本当の本気になった——完全版のせんぱいが気になってるんです。きっと次のとき、見せてくれると思うんで、楽しみにしています」

ヒナちゃんは握手を交わすと、そのまま駐車場に向かった。俺が見送りについていくと、すでにタクシーは待っていた。

去っていくヒナちゃんに手を振りながら、俺は悶々と考えていた。

(結局ヒナちゃんは、俺を負かして成長を促し、最高の状態になった俺と再び戦いたいがために、やってきたのか)

芸能界に現れた、一種の怪物。十年に一人の逸材。日欧妖精。

(それほどの逸材……。学校生活と群青同盟、中途半端な生活をしている俺じゃ絶対に手が届かないほどの天才だ……)

そうか――

俺は理解した。

きっと彼女は、俺にとって進路を決めるキーポイントとなる存在だ。

芸能界へ進むか、大学へ進むか――

もちろん大学へ進んだ後に芸能界を目指す場合もあるが、基本的に方向はその二つのどちらか。しかも大学を目指すのであれば、夏休み前には決断しておかなければ勉強時間が足りなくなるから、決断までに三か月ぐらいしかないだろう。

ヒナちゃんは、その決断を促す使者だ。

勢いで真理愛からのドラマ出演の提案を受けたが、自分の進路をどうするべきか――その大きな参考になるだろう。
（しかし……負けた、か……）
役者として完敗だと感じたのは、何年振りか思い出せないほどだ。
時間が経つほど思い出してくる。
自分がどれほど負けず嫌いだったか。
身体の内から湧き上がる悔しさが、エネルギーに変換されて全身をこわばらせる。
（子役時代、一番は、お母さんを喜ばせたかった――）
でも二番目は――
（誰にも演技で、負けたくなかった）
人間、いくつになっても根本は変わらない。あのころに戻りつつある。
しかし俺は、あの、日の当たる舞台に戻れるのだろうか。
芸能界をもう一度目指そうと思えるのだろうか。
わからない。わからないまま――
「くそっ！」
血がにじんでいる拳で、アスファルトの地面に全力でパンチをくらわす。
痛い。拳も、手首も。
でも燃え上がる悔しさ――演技向上への情熱――

この二つの炎は、まったく消えそうになかった。

エピローグ

＊

エンタメ部の部室にはメインメンバー……俺、哲彦、黒羽、白草、真理愛、玲菜が揃っていた。

玲菜だけはカメラを回し、他のメンバーは席に座っている。

「ここにいるやつらはみんな知ってるが、けじめってやつだ。改めて新メンバーを紹介するぞ！」

メインメンバー以外に、部屋の片隅で立っている二人——これが新メンバーだ。

結局合宿をやったあげく、誰をエンタメ部に入れることになったかというと——

「紹介されたやつは挨拶な。じゃあ一人目——志田碧」

碧は頭を掻きながら、ホワイトボードの前まで移動した。

「あははっ、あの、志田碧です……。この学校に受かったのもかなりギリギリだったんですが、まさかこっちでも受かっちゃうとか、びっくりで……。あの……頑張ります……」

「ミドリ！　猫被ってんじゃねーぞ！」

俺がヤジを飛ばすと、碧は目をクワッと見開き、握りこぶしを作った。

「うっせーぞ、スエハル！　尊敬する先輩方の前で緊張してるんだよ！」

ちょっと挑発するだけですぐ本性を出してしまうのが実に碧らしい。

「尊敬……？　お前、俺たちメンバーで尊敬している人なんていたっけ……？」

俺が首を傾げると、碧は即座に黒髪ロングヘアーの美女に手を向けた。

「白草さん！」

「他は……？」

碧は頭を固定したまま、目を左右に動かした。

「浅黄先輩！」

「それだけか……？」

「甲斐先輩は尊敬してないけど、逆らっちゃダメなタイプだと思ってる！」

「へ～、逆らっちゃダメ、ねぇ……。じゃあ碧ちゃんは、これからオレの言うことを素直に聞いてくれるのかい？」

ニヤニヤと哲彦が笑う。

碧はたじろぎつつも言い切った。

「セクハラに関することと、悪事に関することは断固拒否します！」

「じゃあそれ以外はいいってことかな？」

「……アタシがヤバそうと思うことは全部拒否します！」

「じゃ、今後オッケーなラインを探っていくか」

「い、いや～、お手柔らかに……あはは っ……」

単純明快で体育会系の碧にとって、おそらく哲彦はかなり苦手なタイプだ。悪が入っているところもそうだし、女癖が悪く、なまじイケメンなのも全部苦手な方向性だろう。

しかし本能に刻まれた体育会系精神が先輩に対して抵抗してはダメだと脳内に告げ、葛藤しているようだった。

「哲彦くん、うちの妹をからかわないでくれる？　あれ、マジで困ってるんだけど」

「……ま、志田ちゃんに言われたらしゃーねーか」

哲彦はうちのメンバーの中では、黒羽を尊重することが多い。副リーダーに置いているのもその一例だ。哲彦の今までの発言を見る限り、黒羽を『モノが違う』と見ており、一目置いているのが理由っぽかった。

「ミドリ、当然俺は尊敬する先輩だよな？」

俺が軽く声をかけると、碧は即座に手を振った。

「ないない」

「ちょ、お前！」

「クロ姉ぇも、今までしてきた大量の尻ぬぐいを考えると、尊敬という意味では無理」

「……碧？　尻ぬぐいって何？　怒らないから言ってみて？」

黒羽は笑みを浮かべてるが、黒いオーラが駄々洩れとなっている。

「あ～、口ではそう言いつつ、もう怒ってるじゃねーか！　そりゃもう尻ぬぐいって言ったら、まず飯関係のことだろ！」


「「「「「あ～」」」」」


その場にいる全員が一言で納得した。

「あとこの偽善者っぽい言動とか、腹黒な対応とか！」

「ふふふっ、碧ちゃんとは気が合いそうですね」

ニッコリと真理愛がアイドルスマイルで同調したが、碧は真理愛の笑みを見て素早く一歩下がった。

「その笑顔に騙されるか！　アタシがどれだけあんたにもてあそばれてきたか……」

あー、そういや真理愛が碧を手懐けようといろいろ話しかけていたが、結局碧が遊ばれているような形になってたっけ。

「一応先輩だし、桃坂先輩とは呼ばせてもらう！　でも、アタシが素直に言うこと聞くと思うなよ！」

「いいですねー、調教のしがいがあります」

真理愛の余裕に、碧はドン引きしたようだった。

結局碧が本気で尊敬してるの、白草だけじゃないか。あと玲菜を普通の先輩として尊重している感じで、あとのメンバーからは素直に言うことを聞きそうにない。

……あれ、こいつを採用して大丈夫だったのだろうか？

「はいはい、これで碧ちゃんの紹介は十分だろ。もう一人が可哀そうだから、そろそろこっちの紹介もするぞ」

碧がどいて、代わりに屈強な体格の男がホワイトボードの前に立った。

「うちの正式メンバー二人目——間島陸だ。数人、必要に応じて準メンバーを採用する予定だが、正メンバーはこの二名のみとする」

陸は手を後ろに回し、応援団のごとく自己紹介をした。

「オスっ！　今、紹介にあずかりました間島陸っす！　趣味は漫画とアニメ！　特技はありませんが、多少鍛えているんで、肉体労働ではこき使ってください！　よろしくお願いします！」

「拍手！」

哲彦の合図で皆が手を叩く。

たぶん陸と一番関係が深いのは俺だろう。

だから陸の緊張をほぐしてやろうと、俺がまず声をかけることにした。

「よくあれだけの人数から残ったな、陸。マジで感心したぞ」

「えっ⁉　俺が入部できたのって、丸先輩が激推ししてくれたからじゃないんすか⁉」

「いや、別に？　もちろん最終候補に挙がってきたとき、賛成はしてるけど」

「そうだったんすか⁉　え、じゃあおれと志田、どういう基準で選ばれたんです？　志田は志田先輩がいることもあってわかるんすけど、おれは……？」

俺ら――哲彦と真理愛以外は『最終候補としての二名が決まった』として、碧と陸の名前が挙げられ、承認しただけだ。

もちろんその前に合宿参加者に対しての感想や評価などを哲彦と真理愛に告げていたが、どうやって『最終候補が選ばれたか』は知らない。

「あ、俺もそれ聞きたいな。哲彦かモモ、今回の合宿の狙いや合格基準について、そろそろちゃんと説明してくれないか？」

哲彦と真理愛が顔を見合わせた。

「しゃあねぇな。オレからまとめて話すか」

「お願いします」

こうして碧と陸は空いている席に座り、ホワイトボードの前には哲彦が立った。

「これは真理愛ちゃんの発案だが、合宿中、男女ともに基本これをやったらアウト、という点を一つ設定していた」

「何だ?」

俺が続きを促すと、哲彦はスパッと言った。

「男は、女風呂を覗きに行くのに加担すること」

「「「「あ～」」」」

哲彦と真理愛以外全員の声が重なった。

そういや女風呂覗きに行かなかったの、陸だけだったな……。

「もちろんキャラクターとか能力とか、いろんな面での加点でそれをチャラにできるだけの何かがあれば別だったが、それがなかった。で、陸はいいことと悪いことの区別がちゃんとついていたし、上級生全員と協調できていた。上級生との協調って意味じゃ、ぶっちゃけ碧ちゃんより評価が高かった」

「うげっ⁉」

「それはちょっとびっくりっすわー」

碧がうめき、陸が目をパチパチとさせる。

そういや陸って、見かけに反してそつがないというか、先輩にちゃんと敬意を払うから、誰とも敵対してないんだよな。碧が真理愛とぶつかったりするのとは正反対だ。

お風呂を覗きに行こうとしなかったことを含め、陸が『一番の常識人』なのかもしれない。

「女の子のほうのアウト条件は？」

俺が尋ねると、哲彦は自分を親指で示した。

「オレから口説かれて、揺らがないことだ」


「「「「あ～」」」」


声が重なるのもこれで三度目だ。

「お前、今回メインをモモに任せてたから、暇な分、何かと女の子に声をかけてたもんな～」

「オレ、色恋と仕事は別にするタイプなんだよ。だから女の子の入部条件に『オレから口説かれて揺らがないこと』ってのは、オレから真理愛ちゃんにお願いしたものだ」

「きっぱり拒絶したのは碧ちゃんだけでしたね。哲彦さんに多少心を動かされても、それをはねのけるほどの加点があれば別でしたが、それほどの子はいなかった、と付け加えておきます」

碧は結構ミーハーだからイケメンが好きだと思うんだが、哲彦がタイプじゃないのは感覚でわかる。

ただまあ、だからといってどんな性格の男のタイプが好きかは、恥ずかしくて掘ったことがなかった。

「つーわけで、末晴たちに見せた最終候補が碧ちゃんとりっくんの二人だったのは、他の連中がこの点で弾かれたからだ。お前らからも特に異論がなかったってことは、この二人でいいって思ってたってことだろ？」

「……まあ、あまり大人数じゃないほうがいいと思ってたし」

白草が賛同した。

「あたしもうちに合いそうなのは、この二人かなって思ったかな」

黒羽もまた頷いた。

「ま、そこは俺も異論がないんだが、じゃあヒナちゃんの存在は？　俺とぶつけるために呼んだってことはわかってるんだが、お前らのメリットは何だったんだ？」

ヒナちゃん自身の動機が『リベンジと、俺の成長を促し、再度戦うため』というのはわかっている。

でもそれだけの理由で哲彦や真理愛が動くはずがない。哲彦や真理愛にとっても利益があったから、いろいろ調整して呼んだはずだ。

その証拠に『合格にはヒナちゃんの意見も取り入れる』といったような内容を言っていた。

哲彦は黒ペンのキャップを外し、ホワイトボードに書きながら話し始めた。

「お前ら、今回の入部選抜……一番難しいところは何だと思った？」

少しだけ思案し、白草が口を開いた。

「能力や性格をどうやって見抜くか、かしら？」

「まあ、それもある。だが一番じゃない」

一番じゃない、か……。

俺は思いついたことを適当に口にしてみた。

「相性とか、倫理観とか、本音をどう引き出すかとか？」

「その辺りも課題だったよな。でもその辺りは真理愛ちゃんが用意した試験で、だいぶ満足いくところまで試せたと思わないか？」

「……まあ」

一通り意見が出揃ったと考えたのだろう。

真理愛が口を開いた。

「モモが最後まで悩んだのは、『選んだ人間を、落ちた人や先生にどうやって納得してもらうか』ですよ」

「「「「!?」」」」

あ、あー、なるほど……。それは難しい……。

「出演班や撮影班に分けていろいろやったりしましたが、演技で元々プロのモモや末晴お兄ちゃんにかなう人間なんて来るはずないですし、撮影技術なんて段々と覚えていけばいいんです。白草さんみたいな特技を持った人がいれば皆が納得するでしょうが、そんな人はいませんでした。では何で判断したと言いますか？　結局群青同盟メンバーの好みで選んだと言われるでしょう」

「アイドルオーディションでさえ、カリスマがいて、そのカリスマが選ぶってことで納得させてる部分あるだろ？　学校の先輩ってだけのオレらには、それが足りねーんだよ」

「モモたちが決めたと言ったら、必ずしこりが残るでしょう。下手したらアンチになって、SNSで延々と群青同盟を叩き始める人が出てくるかもしれないですね」

「だから――ヒナちゃんか」

俺が声を上げると、真理愛は力強く頷いた。

「碧ちゃんと陸さんは、雛菊さんが選んだことにさせてもらいます。もちろんモモたちも意見を出したが、最後は雛菊さんが決定したとします。これだとすると、誰が文句を言えますか？」

そりゃトップアイドルのヒナちゃんが決めたと言えば、反論出せる人間はそうはいないよなあ。もしいてもごく少数で、スルーすることが可能だろう。

「でもさ、ヒナちゃんが合宿に来てたこと、秘密だろ？　ヒナちゃんを建前に使うとバレないか？」

「そこはご安心を。合宿参加者にはきっちり口止めをしてありますし、ＳＮＳで偽情報もばら撒きましたので、瞬さんには大丈夫かと」

「ならいいが」

真理愛が肩を落とした。

「哲彦さんから提案されるまで雛菊さんを使うアイデアが浮かばなかったのは、悔しいところですね……」

「ま、偶然ってことだ」

偶然、ねぇ……。

哲彦が偶然って言葉を使うと、嫌な予感しかしないんだよなぁ。

ふと、俺はヒナちゃんから言われた言葉を思い出した。

「そういや哲彦。ヒナちゃんがさ、今回合宿に来るためにアリバイ作りをしたって話をしていたんだが、何をやったんだ？」

「あ？」

哲彦は見るからに不快な顔をした。

「……言いたくねぇ」

「何だよ、それ」

そのとき、哲彦の携帯が震えた。

ポケットから取り出しトップ画面を見ると、哲彦は先ほどよりもさらに不快な顔をした。

「ちっ……アリバイからだ。悪いが、今日はここで解散だ。あとは自由行動な」

そう言って哲彦はバタバタと荷物を片付け始めた。

「おい、哲彦。お前自分勝手すぎるだろ？」

「ちょうどいい機会だ。末晴、お前はオレに相談していた、ドラマ出演に関してみんなに説明しておけよ」

「「「「ドラマ出演⁉」」」」

黒羽が、白草が、玲菜が、碧が、陸が――驚きの声を上げる。

顔色一つ変えなかったのは、真理愛のみだ。

そう、実のところ真理愛から提案されたドラマ出演を俺は、まだ哲彦にしか言っていない。

哲彦にまず言ったのは、男友達で話しやすいということと、撮影期間中は忙しくなって、群青チャンネルの活動に大きな影響があると思ったからだ。

「じゃあな。オレここで」

爆弾だけ落とし、哲彦はカバンを肩に背負ってさっさと部室を出て行った。

＊

哲彦は部室を出ると、駅前にある喫茶店に入った。

今の季節は喫茶店が一番売りとしているイングリッシュガーデンに花が咲き乱れ、見事な景色を見ることができる。

この喫茶店には個室があり、人目に付きたくないときは便利な場所だ。

案内された個室には、あいかわらず胡散臭いほどさわやかな笑みを浮かべたイケメンが待っていた。

「やぁ、来てもらってすまなかったね」

「……ま、今回は協力してもらいましたし。外では話しづらいことなんで」

「何だか不機嫌そうだね」

「そりゃ卒業したあんたとまだかかわりが切れてないんですよ？　不機嫌にもなりますよ、阿部先輩」

嫌味にも阿部は笑みを崩さない。

哲彦はため息をつき、カバンを置いて向かいに座った。

店員が水を持ってきたタイミングで、コーヒーをブラックで頼む。

店員が見えなくなったのを確認し、阿部が口を開いた。

「やっぱりハーディ社長、有能だね。わざわざ僕に会いに来て、文句を言ってきたよ」

「直接っすか？」

「ああ、大学を出たところでつかまったよ」

「雛ちゃんからはごまかしきれた、と報告受けてたんすけどね。やっぱり雛ちゃんの寮の寮長はあのクソ社長と繋がっていたか」

アイドルとはいえ人間。休日何をするかは自由だ。

しかし足取りをたどられたくないため、哲彦は念のためアリバイ作りを雛菊に助言していた。

それが『寮長にだけ、阿部充に誘われて遊びに出かけると伝えておく』というものだった。

本当はエンタメ部の合宿に参加しているが、『もっと信憑性があり』かつ『実際に何かあったら問題がありそうなネタ』を『こっそり信頼できる人にだけ伝えておく』という形式を整えることで、真実から目を逸らさせたのだ。

「先輩はどんな風に対応を？」

「少し世間話をしただけです、と正直に言ったんだけどね、より怒ってしまったよ」

「あのクソ野郎に同調するのは嫌なんすけど、先輩が余裕しゃくしゃくで話すのを聞くと怒りがわくって部分だけは理解できますね」

「まったく、協力したのにひどい言われようだ」

阿部は文句を言うが、表情はとても楽しそうだった。

「まあ、甲斐くん絡みで世間話をしたから、嘘はついてないんだけどね。ただ過小に言ったことで信憑性が増したみたいだ。『今度うちのアイドルに手を出そうとしたら、事務所に正式に抗議する』ってさ」

「やっぱりな。その辺りが落としどころか。先輩と、先輩の親父さんの事務所、ハーディプロとは犬猿の仲っすからね。そう簡単にはちょっかい出せないと思ってましたよ」

店員がやってきて、哲彦の前にコーヒーを置く。

阿部は肘をつき、手の甲にあごをのせた。

「今回、僕は君の役に立ったと思ってるんだ」

哲彦はコーヒーに口をつけた。

その表情は、コーヒーよりも遥かに苦い。

「……何をご所望で？」

「君に関する謎をいろいろ尋ねてみたいところではあるけど、君の口から聞くのはちょっと面白くないかな、と思うようになっていてね」

「あいかわらず高尚なご趣味のようで」

「君ほどじゃないさ」

哲彦はため息をついた。

阿部は嫌味を言うほど喜ぶだけに、悪態がつきづらくて困る。

「とりあえず、今回の合宿絡みの総括だけは聞かせてもらいたいな」

「期待の新入部員をゲットし、めでたしめでたしという感じっすね」

「今回、君がわざわざ勝負に参加した理由は？」

「……オレ以外に、雛ちゃんと組めそうなやついなかったんで」

「その程度の理由の割に、演技の完成度が高かったようだけど？」

「……何が言いたいんすか？」

阿部は手元にあるアールグレイの紅茶に口をつけた。

「君が今回の勝負に使った台本……あれ、白草ちゃんに依頼していた企画書のやつだよね？

将来、ドラマか映画か……とにかく大きな企画をやるためのやつだ」

「……そっすね。ちょっとシナリオに対する反応を見てみたかったですし、可知に一度締め切りを設定することで、途中経過を見てみたかったんで」

「君も出演するんだろ？　その物語に」

「…………」

哲彦は沈黙したままコーヒーを飲んだ。

阿部が続ける。

「群青同盟のメンバーを見ると、演技面でのエースは当然丸くんと桃坂さんだ。だから主人公と一番難しい女性役は二人に任せることで確定」

「…………」

「今回台本で使った場面は、過去編の部分だ。たぶん丸くんと桃坂さんに割り振る部分じゃない。君の予定では、今回やった俊一の役を君が、優菜の役を志田さんがやる予定なんじゃないかな？」

哲彦は大きく息を吐きだした。

「いい読みっすね。ま、その辺は隠しても意味がないんで言いますけど、確かにそういう意図は持ってました」

「自分が練習してみたかったのと、志田さんができるか試してみたかった、というわけかな？」

「……いえ。オレがキレずに演じられるかを試してみたかっただけっすね」

「やっぱりそうか……っ！」

興奮して阿部は立ち上がった。

「やはりあの物語は君の――」

「先輩」

冷徹に哲彦は言った。

「わかっていても言わないほうがいいってこと、あると思うんすけど？」

「……そうだな。すまない」

阿部は座り直し、すでに冷めてしまった紅茶を手元で回した。

「まだ、聞きたいことは？」

哲彦がポツリとつぶやくと、すかさず阿部が返した。

「なぜ雛菊ちゃんを今回の一件に巻き込んだ？」

「……雛ちゃんは末晴へのリベンジを狙っていました。オレらは新入部員を納得させるために、発言力のある群青同盟外の人間を求めていました。そこで利害が一致したのは、以前も説明したと思いますが？」

「『発言力のある群青同盟外の人間』って、雛菊ちゃんじゃなくてもいいよね？　例えばエンタメ部は形式上の顧問しかいなかったはずだけど、顧問をしっかり立てて、顧問の先生が新入部員を選んだ、と言うだけでも十分な内容だ」

「ま、さすがにあんた相手にこの理由じゃごまかせないっすか。じゃ、ヒントを出します。雛ちゃんを合宿に呼んだオレの狙いは、三つっす。新入部員を納得させる発言力ってのは、オレの中ではついでレベルのことなんで、その三つに入ってないっすね」

「っ……三つか……予想より多いな……」

阿部は腕を組み、脳を高速回転させた。

「雛菊ちゃんをわざわざ呼ぶ以上、当然、雛菊ちゃんじゃなければならなかったから……」

「わかりませんか？」

「一つはわかってる。丸くんの覚醒だ」

「そうっすね」

哲彦(てつひこ)は足を組んだ。

「末晴(すえはる)の経歴、性格……どう見ても叩かれたほうが伸びるタイプだ。でもあいつはなまじとびぬけた才能と蓄積があったせいで、今まで全部勝ってきた。でも、その程度で収まってもらっちゃ困るんすよねー。オレが勝負をかけるとき、最高の力を出してもらわねーと」

阿部(あべ)は冷笑を浮かべた。

「ははっ……、非才な身からすると笑えてくるね。いろいろな勝負をして、丸(まる)くんはどれも見事に勝ってきたけど、まだ本気じゃなかったってわけか」

「あいつは常に本気でしたよ？　ただ、まだまだ上限に到達してないってだけです」

「少なくとも、君にはそう見えるわけか……。やはり僕は役者の道は諦めるべきだな」

「前から言ってるじゃないっすか。先輩が才能あるのは探偵っすよ。先輩が探偵事務所を開くなら、素直に金払って依頼したいと思えるレベルっすね」

「褒められてるのか、けなされてるのか……」

「いや、オレにしてはマジで褒めてるほうなんすが」

阿部(あべ)がボタンを押し、店員を呼んだ。

二人は飲み物のおかわりを頼み、また静寂が戻った。

「残り二つは、わからないっすか？」

「……そうだね。降参する」

「これ以上おかわりは頼みたくないんで、さっさと教えます。ちゃんと聞いててくださいよ」

「君にしてはサービスがいいな」

「今回は結構嫌な役目やらせたんで、一応その報酬のつもりっす」

「それなら素直に受け取っておこうか。じゃあ、残り二つを教えてくれないか？」

哲彦は大きく息を吐きだした。

「一つは『オレの能力を雛ちゃんに認識させたかった』んですよ」

「えっ……？」

阿部は目をパチクリとさせた。

「それはちょっと想像もしていなかったな……」

「雛ちゃんはああ見えてドライですからね。相手の力をよく見てます」

「ああ、そういえばハーディ社長に難があっても普通についていってるもんね」

「当初、真理愛ちゃんが中間にいる間は警戒もされていたんですが、『末晴を敗北させたほうが今後もっと面白いことになる』と言った辺りから、直接のやり取りができるようになりまして。今回の一件で、オレの演技やプロデュース能力を見せるだけでなく、今後の構想も伝えることができました。おかげでだいぶ見る目が変わってきましたね。ちょいとムカついたのは『哲彦さんって、プロデューサーみたいですね』と言われたことっす」

「っ！　そうか……なるほど……君はそこまで先を見ていたのか……。彼女から認められることは、革命をした後が大きく違ってくるからね」

「そういうことっす」

店員がコーヒーと紅茶のおかわりを持ってきたので、淡々と哲彦と阿部は空となったカップを渡した。

「最後の一つは？」

店員が消えたと同時に阿部が短く尋ねると、哲彦もまた端的に告げた。

「オレじゃなく、真理愛ちゃんです」

「どういうことだい？」

「彼女も勝負をかける覚悟を決めたようなので、そのアシストをしたってことです」

＊

「ハル、ドラマ出演ってどういうこと⁉」

「スエハル、テレビに出るのか！」

「スーちゃん、聞いてないんだけど！」

「パイセン、マジっすか⁉」

「すげぇぇ！　ドラマ出演！」

狭い部室内で、真理愛以外の全員が俺に迫ってくる。

「モモが誘ったんです」

真理愛がそうつぶやくと、全員が視線の矛先を一斉に変えた。

「演劇勝負の一件で、NODOKAさんがモモたちに礼をしたいと考えていたようで。またNODOKAさんは映像で演劇勝負を見て、モモと末晴お兄ちゃんの評価を上げてくれたようなんです。そういうわけで、NODOKAさんが主演しているドラマの最終回ゲストに、モモと末晴お兄ちゃんを推薦してくれたわけです」

「お、おいっ、スエハル！　NODOKAさんって、あの女優のNODOKAさんだよな！」

碧が興奮して俺の襟をつかんで揺さぶってくる。

そういやこいつ、流行のドラマとかだいたい見てるタイプだった。

「つーことは、今、一番話題の『永遠の季節』の最終回のゲストってことか⁉」

「はい、そうです」

「うおおおっ、ありえねーっ！」

碧のやつ、いいリアクションするなぁ。

うちのメンバー、結構芸能界に足を突っ込んでるメンバーが多いから、こういうとき反応薄いんだよな。

「んっ？　今、『永遠の季節』って言いましたか!?」

少しタイミングが遅れて、陸が驚いた。

「おれ、原作マンガ全巻持ってるくらいファンなんすけど、主人公にジャネーズの野郎を使ったんで、キレてんすよ！　先輩が出演するなら監督に文句言っておいてください！」

「ん？　お前、ドラマ自体は観てるのか？」

「観てねーっす！」

「気持ちはわからんでもないが、せめて観てから言えよ！」

やべー、今年の新入生、結構うるさいな……。

俺が疲労を感じていると、真理愛が傍らに立って言った。

「――末晴お兄ちゃんには、そろそろ真剣に進路を考えてもらいたいんです」

あまりに急所を突いた言葉に、俺は思わず喉が詰まった。

「才能で負けるつもりはありませんが、客観的に見れば、モモはどちらかと言えば助演向きです。でも、末晴お兄ちゃんと雛菊さんは違います。あらゆる物語の主役となり、作品の方向性

さえ決定づけてしまうほどの華と個性を持った、正真正銘のスターの器です。そんな人はそう簡単に現れません」

「モモ……」

「今回、末晴お兄ちゃんは雛菊さんに負けてしまいましたが、モモは必ず勝てる器だと思っています。しかしその素晴らしい才能も、やはり業界の最前線で磨かなければ鈍ってしまいます。まさに今回の勝負が、それを表していたと思いませんか？」

「それは……」

俺は二の句が継げなかった。

他の群青同盟のメンバーも黙って聞いている。

「モモとしては、末晴お兄ちゃんは大学へ進学せず、芸能界へ進むべきだと思っています。そして業界の最前線でさらに成長し、日本を代表するスターになってもらいたいです」

縁が結んだと感じていた、ドラマのゲスト出演のお誘い。しかし真理愛は、心の奥底でそんな想いを抱いていたのか……。

もう高校三年生。

モラトリアムは終わろうとしている。

今後の人生の方向を決めなければならないところに来ているのだ。

——この勝負の目的って何なんだ？

——たぶんそれ、言っちゃ意味がないパターンなの。

ふいに頭の中で、合宿中に黒羽と交わした会話がよぎった。

——あたしだって説明したいんだよ？　でもきっと、モモさんの積み上げたものを一部とはいえ崩しかねないし、長期的に考えれば、あたしにとっても、そしてハルにとってもきっと通過しなければならないことだと思うの。こういうの、なんて言うんだっけ？　通過儀礼だっけ？　受験みたいなものだよ。嫌だし、辛いけど、乗り越えなきゃいけない壁、みたいな。


そうか、黒羽はヒナちゃんが来るとわかった時点で、俺が進路問題にぶち当たることを察知していたんだ。

確かにあの時点で言われていたら、俺はヒナちゃんとの勝負に雑念が入っただろうし、変に身構えてしまっていただろう。

「もちろん芸能界が、末晴お兄ちゃんの幸福と直結しているとは限りません。でもモモは一役者として、その才能を惜しみ、開花することを望みます。当然、末晴お兄ちゃんが真に才能が開花した際、その隣に立っていることがモモの夢です。だから末晴お兄ちゃんが高校卒業して役者を目指す場合、モモも学校を中退します」

「モモ……!?」

「そうしなければ、たぶん末晴お兄ちゃんに置いていかれてしまうので……。安心してください。モモはどこまでも末晴お兄ちゃんについていくことを約束します」

強い覚悟がひしひしと伝わってくる。

俺はどんな未来を掴み――誰と未来を歩みたいのか――

そんな人生を方向付ける難題が、今、突き付けられていた。

あとがき

どうも二丸です。発売がまた少し空いてしまってすみません。ただ今回はスランプというわけではなく、実際原稿もずっと前にできていました。

ではなぜ八か月空いてしまったかというと……このおまけ十巻と同時発売の新刊『呪われて、純愛。』のプロモーションのためだったりします！

このあとがきを書いている時点でまだPVを見ていないんですが、おまけと新作の合体PVを作っていただけるということで、ワクワクしています！

ちなみに『呪われて、純愛。』の二巻は来月（十一月）に、また別の新作『君はこの「悪【ボク】」をどう裁くのだろうか』が再来月（十二月）に発売予定となっています！

三か月で四冊発売という我ながらちょっとびっくりするスケジュールですが、全部かなり前に書き上げているので、二丸自身はソワソワしながら待っているターンだったりします。

ではここで唐突におまけ十巻と同時発売の新作『呪われて、純愛。』のあらすじ紹介を。

《記憶喪失の廻の前に、二人の美少女が現れる。

『恋人』と名乗る白雪と、白雪の親友なのに『本当の恋人』と告げて秘密のキスをしていく

魔子。廻は二人のおかげで記憶を取り戻すにつれ、『純愛の呪い』に蝕まれていく――》

こういうせつない純愛三角関係恋愛物語、読んでみませんか？

また『君はこの「悪【ボク】」をどう裁くのだろうか』はダークヒーローを突き詰めた作品で、密かに豪華声優を使った素晴らしいPVも自作で進めています。吹っ切れたダークヒーローの愉悦に満ちたお話、読んでみませんか？　二作品ともずっと前から書き、出したかった物語なので、もしよければ読んでみていただけると嬉しいです。

もちろん三年生編となったおさまけも、今後変わらず書いていきますのでお楽しみに！

あとおさまけスピンオフの『お隣の四姉妹が絶対にほのぼのする日常』のボイスコミックがYouTubeで二話分公開されています。アニメと同じ声優のフルボイス、フルカラーと豪華なので、ぜひ観てみてください！

最後に、引き続き応援してくださっている読者の皆様、ありがとうございます。編集の黒川様、小野寺様、イラストのしぐれうい様、いつもありがとうございます。本編コミカライズの井冬先生、四姉妹の日常の葵季先生、ありがとうございます。

そしてお話することができずとも、おさまけに協力いただいているすべての皆様に感謝を。

二〇二二年　七月　二丸修一

次回予告

OSANANAJIMI GA ZETTAI NI MAKENAI LOVE COMEDY

わたしはあなたを愛しています。
たとえ、報われないとしても——

ドラマへのゲスト出演が決まった末晴と真理愛。
撮影を前にし、
真理愛は夜空へと祈りを捧げる。

でも、それでも、報われることを願っては、
いけないでしょうか……？

真理愛にとって末晴との最大の絆は、
同じ役者であること。
価値観と生き様が共通し、
将来にわたって横に並び立てることは、
黒羽と白草にはできないことだった。
だからこそ、思い出して欲しい。
役者としての喜びを。カメラへの渇望を。
そしてそこにきっと勝算が潜んでいるはずだ。

——恋人として
未来を共に歩む、チャンスが。

真理愛は考えていた。学校で告白しても、勝ち目は見えないと。

学校は黒羽と白草の土俵。でも――

（わたしと末晴お兄ちゃんの繋がりは、カメラの前だ。だからわたしは――）

丹念に準備し、機会を待ち、ついにそのときが来たのだ。

末晴お兄ちゃん……。

わたしの想い、受け取ってくれますか……？

幼なじみが絶対に負けないラブコメ 11 VOLUME:ELEVEN

桃坂真理愛の告白！

近日発売予定！

◉二丸修一著作リスト

「ギフテッドⅠ～Ⅱ」（電撃文庫）
「女の子は優しくて可愛いものだと考えていた時期が俺にもありました1～3」（同）
「幼なじみが絶対に負けないラブコメ1～10」（同）
【ドラマCD付き特装版】
幼なじみが絶対に負けないラブコメ6　～もし黒羽と付き合っていたら～」（同）
「呪われて、純愛。」（同）
「嘘つき探偵・椎名誠十郎」（メディアワークス文庫）

本書に対するご意見、ご感想をお寄せください。

ファンレターあて先
〒102-8177　東京都千代田区富士見2-13-3
電撃文庫編集部
「二丸修一先生」係
「しぐれうい先生」係

本書は書き下ろしです。

電撃文庫

幼なじみが絶対に負けないラブコメ10

二丸修一

2022年10月10日　初版発行

発行者　青柳昌行
発行　株式会社KADOKAWA
〒102-8177　東京都千代田区富士見2-13-3
0570-002-301（ナビダイヤル）
装丁者　荻窪裕司（META＋MANIERA）
印刷　株式会社暁印刷
製本　株式会社暁印刷

ISBN978-4-04-914227-3　C0193　Printed in Japan

電撃文庫　https://dengekibunko.jp/

電撃文庫創刊に際して

文庫は、我が国にとどまらず、世界の書籍の流れのなかで〝小さな巨人〟としての地位を築いてきた。古今東西の名著を、廉価で手に入りやすい形で提供してきたからこそ、人は文庫を自分の師として、また青春の想い出として、語りついできたのである。

その源を、文化的にはドイツのレクラム文庫に求めるにせよ、規模の上でイギリスのペンギンブックスに求めるにせよ、いま文庫は知識人の層の多様化に従って、ますますその意義を大きくしていると言ってよい。

文庫出版の意味するものは、激動の現代のみならず将来にわたって、大きくなることはあっても、小さくなることはないだろう。

「電撃文庫」は、そのように多様化した対象に応え、歴史に耐えうる作品を収録するのはもちろん、新しい世紀を迎えるにあたって、既成の枠をこえる新鮮で強烈なアイ・オープナーたりたい。

その特異さ故に、この存在は、かつて文庫がはじめて出版世界に登場したときと、同じ戸惑いを読書人に与えるかもしれない。

しかし、〈Changing Times,Changing Publishing〉時代は変わって、出版も変わる。時を重ねるなかで、精神の糧として、心の一隅を占めるものとして、次なる文化の担い手の若者たちに確かな評価を得られると信じて、ここに「電撃文庫」を出版する。

1993年6月10日
角川歴彦

電撃文庫DIGEST　10月の新刊　発売日2022年10月7日

ソードアート・オンライン27 **ユナイタル・リングⅥ** 著／川原 礫　イラスト／abec	アンダーワールドを脅かす《敵》が、ついにその姿を現した。アリスたち整合騎士と、エオラインたち整合機士――アンダーワールド新旧の護り手たちの、戦いの火ぶたが切って落とされる――！
幼なじみが絶対に負けないラブコメ10 著／二丸修一　イラスト／しぐれうい	新学期を迎え進級した黒羽たち。初々しい新入生の中には黒羽の妹、碧の姿もあった。そんな中、群青同盟への入部希望者が殺到し、入部試験を行うことに。指揮を執る次期部長の真理愛は一体どんな課題を出すのか――。
新作 **呪われて、純愛。** 著／二丸修一　イラスト／ハナモト	記憶喪失の廻の前に、二人の美少女が現れる。『恋人』と名乗る白雪と、白雪の親友なのに『本当の恋人』と告げて秘密のキスをしていく魔子。廻は二人のおかげで記憶を取り戻すにつれ、『純愛の呪い』に蝕まれていく。
魔王学院の不適合者12〈下〉 **～史上最強の魔王の始祖、転生して子孫たちの学校へ通う～** 著／秋　イラスト／しずまよしのり	《災淵世界》で討つべき敵・ドミニクは何者かに葬られていた。殺害容疑を被せられたアノスは、身近に潜む真犯人をあぶり出す――第十二章《災淵世界》編、完結!!
恋は夜空をわたって2 著／岬 鷺宮　イラスト／しゅがお	ようやく御簾納の気持ちに応える決心がついた俺。「ごめんなさい、お付き合いできません」が、まさかの玉砕!?　御簾納自身も振った理由がわからないらしく……。両想いな二人の恋の行方は――？
今日も生きててえらい!3 **～甘々完璧美少女と過ごす3LDK同棲生活～** 著／岸本和葉　イラスト／阿月 唯	相変わらず甘々な同棲生活を過ごしていた春幸。旅行に行きたいという冬季の提案に軽い気持ちで承諾するが、その行先はハワイで――!?　「ハルくん！　Alohaです!!」「あ、アロハ……」
明日の罪人と無人島の教室2 著／周藤 蓮　イラスト／かやはら	明らかになる鉄窓島の「矛盾」。それは未来測定が島から出た後の"罪"を仮定し計算されていること。つまり、島から脱出する前提で僕らは《明日の罪人》とされている。未来を賭けた脱出計画の行方は――。
わたし以外とのラブコメは許さないんだからね⑥ 著／羽場楽人　イラスト／イコモチ	学園祭での公開プロポーズで堂々の公認カップルとなった希墨とヨルカ。幸せの絶頂にあった二人だが、突如として沸いた米国への引っ越し話。拒否しようとするヨルカだったが……。ハッピーエンドをつかみ取れるか！？
新作 **アオハルデビル** 著／池田明季哉　イラスト／ゆーFOU	スマホを忘れて学校に忍び込んだ在原有葉は、屋上で闇夜の中で燃え上がる美少女――伊藤衣緒花と出会う。有葉は衣緒花に脅され、〈炎〉の原因を探るべく共に過ごすうちに、彼女が抱える本当の〈願い〉を知ることに。

MONSTER HOLIC
怪物中毒
PICK UP!
超人気作家
三河ごーすと
が贈る原点回帰にして
最新の
ダークファンタジー！
AUTHOR
三河ごーすと
ILLUST
美和野らぐ
怪物以上人間未満の
少年少女たちが
《官製スラム》の夜を駆ける——！
MONSTER HOLIC
Introduction: Infinite resul
1st chapter: Hit-and-run
電撃文庫

卒業式、俺は冴えない高校生活を思い返していた。成績は微妙、夢は諦め、恋人とは自然消滅。しかも彼女は今や国民的ミュージシャン。すっかり別世界の住人になってしまっていた。

だがその日。元カノ・二斗千華（にとちか）は遺書を残して失踪した。

呆然とする俺は……気づけば入学式の日、過去の世界にタイムリープしていた。

この世界でなら、二斗を助けられる？

……いや、それだけじゃ駄目なんだ。今度こそ対等な関係になれるように。彼女と並んでいられるように。俺自身の三年間すら全力で書き換える！

卒業（おわり）から始まる、青春やり直しラブストーリー。

電撃文庫

おもしろいこと、あなたから。
電撃大賞